帝都つくもがたり　続

佐々木匙

角川文庫
21913

目次

零話　ひとつの続き

関《せき》の馬鹿に連れられて僕、大久保純《おおくぼじゅん》がその細い坂道を訪れたのは、辺りに黄昏《たそがれ》の薄く儚《はかな》い帳《とばり》が降りた時分だった。

「なんだ、案外と短いな。黄泉路《よみじ》と聞いたから余程の物かと思えば」

四谷《よつや》の大きな通りから幾分奥に入ったその道は妙にしんと静まり返って、初夏の爽《さわ》やかな風もいつしか止んでいた。坂の下の家の塀の奥に立つ何とも知れぬ庭木も、少しも葉ずれの音を立てない。僕は隣で偉そうな口を利く関信二《しんじ》を軽く見る。短い髪も、眼鏡を掛けた薄い顔も、街灯もまばらな道では闇に溶けるようだった。見上げると坂の上には街灯がぽつりと満月のように輝き、そこまでの間は飽くまで薄暗い道だ。男ふたり並べば少し窮屈な程だろうか。

「長かろうが短かろうが、怖いよ。なあ、本当に実地で試さないと駄目かい」

「話を持ってきたのは君だろうに、何を今更。目撃談が取れないなら、我々が試す外《ほか》ないだろうよ」

僕は丈ばかりは高い身を縮めて手をさする。

関の言葉通り、今回の話を持ち込んだのは僕の方であった。

僕の元学友にして三流新聞『帝都読報《ていとどくほう》』の記者たる関信二は、恐怖譚《たん》に面して恐ろしがる僕の醜態を文にしては面白かろうという目的の下、僕を紙面の怪談記事『帝都つくもがたり』の取材に付き合わせている。文士業で細々と糊口《ここう》を凌《しの》いでいる僕、大久保純は——彼に借りがある。よって、東に幽霊が出たと誘われれば恐る恐る付いて行き、西に妖怪《ようかい》が棲《す》むと噂が立てば半死半生で引き摺《ず》られていく、とそういう形だ。

元来どうしようもなく恐怖が苦手な僕だ。とても慣れはしない。とは言え、前述の借りを踏み倒せるほどの度胸も何もあるはずがない。債権者たる関に歯向かうことは、僕の中に僅《わず》かながらでも残る矜持《きょうじ》を己の足で踏み荒らすことにすらなりかねない。また、僕自身、出遭った怪異を元に短編をものし、ささやかとはいえ望外の好評を博していた、という事情もある。ぞっとしない話ではあるが、僕と関は言わば奇妙な共犯関係にあったとも表現できるであろうか。

そんな僕らの縁が重たい冬を越え、春のまだ早い頃に再びぎくしゃくと動き出し、少しばかり油を差して馴染《なじ》み始めた折のことだ。僕は麴町《こうじまち》の女学校に通う姪《めい》から、ある噂話を耳にしていた。暦が五月へと変わってすぐの頃であった。

『四谷の矢羽坂《やばねざか》は黄泉路《よみじ》に繋《つな》がっている』『黄昏時《たそがれ》に坂を通れば、死んだ者が袖《そで》を引いてくる』『引かれて振り返ってはそのまま黄泉の国へと連れて行かれる』。少々大仰なその噂を、僕は何の気なしに関へと注進した。記事の良いネタにでもなるかと考えたのである。間違いであった。

「話さなければ良かったな」

僕は猫背になりながらぼやいた。

良いネタではあったらしい。だが、関はその話が噂止まりであり、実際に体験をした人間を僕らの人脈では探し出すことができないとわかると、途端に自分達で試すべしと主張を始めた。彼が飽くまで現場主義で野次馬気質の持ち主であり、無駄に実行力を備えた男であることを、僕は甘く見ていた。記者としては美徳でよろしかろう。巻き込まれる立場としてはたまったものではない。

「黙っていたところで、俺はすぐに嗅《か》ぎつけたぞ。君は隠し事が驚くほど下手だからな」

「君の鼻が犬並みなんだ」

関は僕の愚痴を一笑に付すると、欠片《かけら》も物怖《ものお》じせぬ態度で坂に向け歩き出した。背広姿の関は、今日は時間も時間であるから写真機《カメラ》は持たない。着流しの僕が続くが、下駄《げた》の音が変に響いて不気味だった。

「あの世との境にも坂があるというが」

僕は気を紛らわすためにせめて声を出そうとしたが、坂と黄泉路との連想で、どうにも辛気臭い話題になってしまう。いいな、君も盛り上げてくれるとは、と関は笑った。僕にそういう意図はひとつもない。

「黄泉比良坂《よもつひらさか》か。桃を投げる奴だ。振り返っちゃいかんというのは希臘《ギリシャ》にあった話だな。あちらこちらの混ぜこぜだ」

関に語らせれば、古事記《こじき》の恐ろしい場面も猿蟹《さるかに》合戦か何かの一場面のようであった。

何故この雑な男が怪談などを扱っているのか、僕には帝都読報の上司とやらの意向が摑《つか》めない。だが、この場に関しては関の無神経さは、震えながら行く僕にとっては多少の救いとなってくれた。

「あれは降《くだ》るのだったか、登るのだったか……」

「黄泉は地下だから、入るには降っていくのだろうな。つまり我々は今、現世《うつしょ》に向かっているわけだ」

あの世に向かうよりはまだ気持ちがいいかもしれない、そう僕は己に言い聞かせ、足を前へ前へと運ぶ。関の顔はよく見えなかったが、淡い色の背広に追いついたのは横目にわかる。このまま横並びで行けば、そうおかしなこともなかろう。

関の軽い靴の音に続き、ころん、と僕の下駄の足音が響く。僕が進むごとに、半ば色の溶けたような薄闇に背筋をそっと撫《な》でられるような気持ちになった。

「彼岸の穢《けが》れを全身に浴びてな。帰ったらお清めだ」

加えて横の男はこういう嫌なことを言う。僕は彼に顔を向け何か言い返してやろうとし、『振り返ってはいけない』との噂を思い出して止め、そうして気がついた。

関が横に居ない。

否、相変わらずの足音と減らず口はそう遠くないところから聞こえるのだが、姿が、背広の色が目の端に見えない。確かに先ほどまではすぐ横を歩いていたはずが。

口が見る間に乾いた。掠《かす》れた声で僕は呼びかけた。

「関？」

幸い、返事はすぐに来た。返事をする声ばかりは。姿は見えない。

「何だ、今日は妙に暗くなるのが早い……いや」

来たか、と言わんばかりに関が口を噤《つぐ》んだようだった。周囲には何とも得体の知れない薄暗さがあったが、坂の上の光を見ると、有り難いことに煌々《こうこう》たる電気のきらめきは消えてはいなかった。一刻も早くこの坂を抜け、さっさと辛口の酒で口をゆすぎたい。その一心で、僕は裾《すそ》をからげると急いで駆け上がろうとした。

その時だ。

僕の袖を、誰かが後ろからついと引いた。

噂の通りだ。何も驚くことはない。振り向いてはいけない。気にせず振り払って行けばいい。たとえその手が幾つも幾つも、どんどんと増えていって、腕に肩に背後からぐいぐいと負荷をかけてきても、だ。

手が、ついてくる。払っても払っても引いてくる。僕の手には冷たい肌の感触と、揺れる袖の、これも驚くほど冷えた温度が纏《まと》わりつく。僕の足はもつれそうになった。

僕は涙をこぼしそうになりながら、それでも前へと進んだ。血の気が引く気さえした。関の声はしない。彼もまた、同じように幾つもの手に引かれているのだろうか。闇の中では何もわからない。

だがどういうことか、僕を襲ったのは恐怖だけではなかった。僕は胸を衝《つ》くような懐かしさを振り切りながら進む。

右の袖を誰かが引いた。僕は振り返らない。だが、それが幾年も前に亡くした母の手であることを何故か理解していた。

左の袖は父だ。母と同じ頃に同じ病で亡くした。反りが合った訳ではないが、無性に心懐かしかった。

若くして命を落とした友人の、世話になった恩師の、祖父母をはじめとした親戚《しんせき》の——幾つもの手が僕を引いた。死んだ者とは、坂を登る者に関わる死者であったのかと、それは聞かなかったぞと罪もない姪を恨みたくもなった。

細い女の手を、身を切られそうになりながら振り払った。きっとその袖は雨に濡《ぬ》れていて、縞《しま》の柄をしているのだ。

街灯はもう間近だ。関も言った通り、大層短い坂だ。僕は胸の内にじんわりと温かな安堵《あんど》の橙色《だいだいいろ》が滲《にじ》み出すのを感じた。あとほんの僅か、何度か下駄がからりと音を立てれば、僕はこの手から解放される。そうすれば関の奴に幾らでも文句を言ってやろう。あ、あとほんの僅か——。

突然、強い力でぐいと後ろに引きずり込まれそうになった。両肩を男の手が確《しっか》りと掴んでいるのを感じた。掴まれたところから身体が冷える。僕は今度こそ心底怯《おび》えた。我が身の危険を感じたのだ。このままでは、引かれ連れて行かれる。

僕は叫んだ。夜の街への騒音など構ったものではなかった。と言って実際に喉《のど》から漏れたのは情けなくもか細い悲鳴だった。無人の路《みち》では、精々野良猫が振り向く程度であったろう。だが、瞬間に引力は解《ほど》けた。僕は前のめりに光の下へと飛び出すと、膝《ひざ》に手をつき息を整えた。解放されたのだとは理解したが、それでもまだ辺りを見回すのは怖かった。腕に肩に背にあの冷たい感触がまだ残ってはいたが、飽くまで名残りのみだ。どうやら僕は黄泉比良坂を無事登りきったようだった。

関は、とようやく思い出してホッとした瞬間また肝が冷える。少なくとも今、この光の下には僕以外に人は居ない。後ろから靴の音も聞こえてこない。まさか。とっさに振り向こうとするが、噂話を思い出す。振り返るのが禁じられているのはいつまでなのか判断がつかず、僕はただ恐れた。恐れ、気付《きつ》けにと思い懐に入れていた洋酒《ジン》の小瓶を取り出そうとした。

「大久保！」

だが、その数瞬の後、聞き慣れた声が僕の名を呼んだ。僕のすぐ横に見知った姿が飛び込んできた。中背で洋装、薄情そうな薄い顔をしたいつもの関信二だ。いつも通りでないのは、やや蒼白《そうはく》になった顔色くらいのものだろう。

「さ、先に行くなよ。いやいや、無事で何より」

僕に掛ける声もやや掠れていたのはほんの僅かの間で、すぐに彼は人心地を取り戻したようだった。俺も無事だ。関はそう続けた。僕は頷《うなず》くと、酒を軽く呷《あお》って気を確かにした。

「自分の方で手一杯だったんだよ。君も……あの」

思わず振り返りそうになったところで、馬鹿止めろと肩をどやされた。僕は軽く揺れながらも瓶から中身が零《こぼ》れぬよう蓋《ふた》を確りと閉め、関に気に掛かっていたところを問うてみる。

「あの手に掴まったのか」

「ああ、参ったな。正直なところ、今回ばかりは舐《な》めていた」

大体いつも君は舐めて首を突っ込んではいないか、と、普段であれば関の珍しく殊勝な言葉に対して混ぜ返していたはずのところだ。だが、今の僕には言い返す気力もなかった。

「ここは何というか、記事にするのは拙《まず》い。拙すぎる。人が近づいて事故でも起こったら事だ。君を連れてきたのも良くなかったな」

関がここまでのことを言うのは初めて聞いたように思う。元より、繊細な情報については報道精神を曲げてデッチ上げを行う、見上げるべきか見下げるべきか迷う所業に及ぶ人間ではあるが。

「誰か詳しい奴が片付けてくれればいいが、どうだかな。おい大久保、目を閉じろ」

何、と言いかけたところで顔に身体に何か粉末の如き物が飛んできた。僅《わず》かに口に入る。塩っ辛い味が広がった。

「……君、塩をわざわざ持ち歩いているのか？」

「おう。出先の料理が薄味な時には重宝だ」

　料理人が悲憤しそうなことを言いながら、彼は自分の頭にも塩を振りかけると小袋を懐に仕舞う。

「出来れば今日は風呂《ふろ》に入れ。それから君は放っておいてもやるだろうが――酒も飲んでおけ。念には念、庶民のお清めだ」

「僕が年中酒ばかり飲んでいるようなことは言わないでくれよ」

「君が飲まないで辛抱できている日というのを俺は知らん。酒の方も少しは休みが欲しいと思っているだろうよ」

　僕の酒は精神の天秤《てんびん》の平衡を保つための分銅のようなものだ。放っておけばすぐに揺れて憂鬱《ゆううつ》と絶望の側に傾くところを、定期的に補充することでどうにか支えている。であるから、恥じるところは何もない、ということにしている。

「さあ、帰るぞ。とりあえず先の通りに出るまでは振り向かん方がいい。君はどうにも引かれやすい時があるからな」

　全く、あの死者どもときたら、と関はすっかり普段の活力を取り戻した様子で足早に歩き出す。言い返そうにも特段憎まれ口の思いつかなかった僕は、慌ててそれを追いかける。

　関も、あの手の強い引力を感じたのだろうか、と思った。彼の身近にあった死者達の話は幾らか語ってもらったことがある。地震で亡くした彼の細君《さいくん》だとか、ずっと昔に死に別れた母親のことだとか。関も袖《そで》を引かれ、僕と同じく底冷えする程の恐怖と絞られるような懐かしさを感じたろうか。

僕は関の背中を追いかける。そして薄っすらと思う。あの、最後に一際強靭《きょうじん》な力で僕を連れて行こうとした男の手。あれは何だか——。

恐怖に駆られていた僕は、ただ前に追いつきたいとそればかりを考えていた。よって、その時に覚えた引き攣《つ》るような感覚を、頭の隅から追いやってしまった。

そうして僕は、ひとつの言葉を関に伝えそびれた。

壱話　かおなしの子

五つ年上の姉が他所《よそ》に嫁ぐことになったのは、もうかなり以前のことである。僕はまだ中等の頃で、しばらく縁談と聞いては駄々をこねていた姉が、最後には根負けしたように大人しく受け入れたのを不思議な気持ちで見ていた。

「姉さんは嫁入りが嫌なのじゃなかったっけ」

その夜、二親が早く床につくと、僕は少し突っかかるような気持ちで居間でぼうっとしていた姉に話しかけた。姉は僕と違って芯《しん》が強く、誰に対してもハッキリとした性分だった。父母から縁談の話が軽く出る度に卓球玉の如く撥《は》ね返していく姿には、僕はある意味で憧《あこが》れたものだ。しかし、その時はきりりとした眉《まゆ》も電灯の下でどこか弱々しく下がって見えた。

卓袱台《ちゃぶだい》の上には古雑誌が置いてあって、投書欄には少女たちの生き生きとした声が躍っていた。小説の類《たぐい》は少しも読まないが、気に入りの特集の号を時折買ってきては、捨てずに何度も何度も読み返す。そういう姉だった。

「遠くに行くのは嫌だったけれど、すぐ近くのお話だから」

「嫌なら嫌と言えば良《い》いんじゃないのか。いつもみたいに」

「お父様もお母様も、何だか疲れているみたいで。申し訳なくなったの」

私も、突っ張るのに疲れてしまった。ここらで手を打つのがいいと思うの。姉は笑う。姉はそういう損切りが得意で、遊びをする時はいつも僕よりも強かった。賭《か》け事《ごと》が下手な僕はその横に腰を下ろすと、どうにも腑《ふ》に落ちぬまま首を傾げていた。

「別に純が嫁ぐわけでもないんだから、そんな酷《ひど》い顔をしなくても。蜥蜴《とかげ》みたい」

どんな顔をしていたのかは自分ではよくわからない。

「決まったからには幸せになるつもりよ。向こうも良い方みたいだし」

脚を崩して伸びをする姉に、そうなれば良い、どうか苦労をせず満ち足りた暮らしをして欲しい、とは心から思った。ただ、同時に僕はこんなことを考えていた。

僕は出来得る限り、親や他人でなく自分の心の向かうことをやり遂げたいものだ、と。例えば、その日のように萎《しお》れて意見を変えてしまう以前の、跳ねっ返りだった姉のようにだ。

姉が真実どのような気持ちでいたかは、僕には知る由もない。心底から嫌な話であったら暴れてでも歯向かったろうし、そこまでされてなお権能を押し付ける親でもなかったはずだ。だが、それでもあの日、僕の中の憧れていた娘時代の姉の強気は姉そのものから離れて、僕の心の中のみに存在する概念となってしまったような、そんな気持ちがしていた。

姉はそのまま白無垢《しろむく》姿でさほど遠くない市ヶ谷《いちがや》に嫁ぎ、事あるごとに里帰りをして今では子供がふたり。忙《せわ》しなくも穏やかな、きっと幸せな暮らしをしている。半端に歯向かった僕は、結果鬱々《うつうつ》とした酒飲みの売れない文士暮らしだ。どちらが正しかったとも言えない。

ただ、あの夜姉を照らす電気の光が妙に眩《まぶ》しくて、目に苦しかった。そのことはよく覚えている。今よりも型も古く弱々しい明かりだったろうに、僕の心の中にはその時の影が強く焼き付いている。

それはきっと、正しい幸せの光とでも言うべきものではなかったかと、長く時を経た今になって僕は思うのだ。


時は現在に移る。僕が四谷の不気味なる坂から命からがら逃げ帰った、その次の日のことだ。愛する牛込《うしごめ》の我が家で関に言われた通り、身を清めるため酒を注ぎ込んでは粛々と過ごしていた僕は、午後もかなり回ったところで玄関の戸を叩《たた》く音に顔を上げた。適当に着崩れていた着物を直して立ち上がろうとしたところ、今度は外のそう広くもない庭の端から声がする。

「叔父《おじ》さん」

僕は目の前の障子を開け、縁側の先の緑が豊かすぎる庭に顔を向けた。ひょこりと姿を現したのは、まだ年若い少女だった。今年十四だったか五だったか。髪をお下げにして、黒い先進的なセーラー襟の制服姿だ。

「やあ、翠《みどり》ちゃんか」

僕の家は遠慮さえなしにすれば木の陰から庭へとすぐに侵入できるようになっている。警備の欠陥ではあるが、幸い物盗《と》りに襲われたこともなく、利便を取ってそのままにしている。彼女はそのことを知る我が家の馴染《なじ》みで僕の姉の娘、すなわち年若い姪《めい》であった。名を羽多野《はたの》翠という。図々《ずうずう》しく踏み込む友人共に比べ、毎度戸を叩いて合図をくれる辺りは慎みがあって好ましい。

「こんにちは。何をしてたか当ててみましょうか」

目が大きくきりりとした顔をした彼女は、さくさくと草を踏み庭に進入するとすぐにそんなことを言う。

「酒を飲んでいた」

「何で先に言うの。当てるって言ったのに」

「当てられるのが癪《しゃく》だったからだよ」

また瓶が増えてる、そろそろ掃除をしないと、と潔癖の気のある姪は部屋を覗《のぞ》き込み嫌な顔をする。

文筆に勤《いそ》しんだ結果、実世界の些事《さじ》には疎い僕の暮らしは、半ば姉一家の世話ありきで成り立っていた。僕には当たり前の調度として部屋に転がる酒瓶の数々も、時折彼らが片付けてくれるお陰で家主は埋もれずに済む、というわけだ。我が身の情けなさを省みては心が締め付けられるため、僕はさらに酒を飲む。関などは遠慮がないので、そりゃあ君、悪循環というものだろう、と僕の話を聞いて呆《あき》れた顔をしていた。

「大体、今日のは君の話のせいでもあるんだ。酷い目に遭ってね」

「四谷の坂の話？」

姪は少し顔を興味深げに輝かせ、鞄《かばん》を置くと縁側にひょいと腰掛けた。僕もゆっくりと座る。大久保の血はどうも背高を生むらしく、彼女も年にしてはすらりと背が高い方だ。

僕は矢羽坂での顚末《てんまつ》をおどろおどろしく、かつたどたどしく語り、姪はそれを目を丸くして聞いた。元々級友から伝え聞いた噂として僕に教えてくれたのはこの子だ。その時はあそこまでの場所とは思わなかったのだが。

「……だから、君もその学級の子も、あの坂に近づいてはいけないよ」

「そんなに大変なところだったの」

気をつけますと言いながら、姪はどうもけろりとして恐怖した様子はない。

「気をつけますという顔をしていないじゃないか」

「だって叔父さんの話し方、あんまり怖くないんだもの。本当かどうかもよくわからないし」

「本当だとも。疑うのかい」

「じゃあ、これも本当？」

姪は鞄から一冊の雑誌を取り出す。何度も読まれたのか、表紙の角が折れているそれは、僕がよく世話になっている小説雑誌『秋風《しゅうふう》』であった。つい先頃出た号で、僕の怪奇短編が掲載されている。

　僕は肩から顔にかけてがサッと熱くなり、同時に肝が冷えるのを感じた。

「よ、読んだのか……」

「五十銭をお友達と割り勘したの。回し読みをしていて、今日が私の番。叔父さんのところは先に読んだけど、皆、うちの学校にもこんなことがあったらどうしようって怖がってた。文字のお話だと恐ろしいのに、口で話すと駄目なのは変ね」

　僕は親類に目の前で自作の話をされるのが大層苦手で、腑《はらわた》を直《じか》に見つめられているような心地になる。

「学生が読むものじゃないよ。教育に悪い」

「自分のお話をそんな風に言うのはおかしいと思う。真面目に書いたのでしょ？」

　クスクスと笑う様は無邪気であり、残酷でもある。僕は諸手《もろて》を挙げて降参する気持ちで目をぎゅっと閉じた。姪はページを繰っているようで、乾いた紙の音がした。

「私は好き。でもお母さんには叱られそうだから、読んだことは内緒にしておいてね」

　目を開けると生真面目な顔の姪は、しいっ、と人差し指を立てる。姉は小説なぞ退廃の娯楽と思っており、僕がどうにか生計を立てる手段としているという、その一点でのみ渋々評価をしている。人の好《よ》い義兄は時折僕の作を読んでくれており、夕飯を馳走《ちそう》になる時には決まって素朴な感想をくれては僕を居た堪《たま》れなくする。姪はどうも僕の影響らしく本好きに育ち、下のまだ幼い甥《おい》はそろそろ少年雑誌に興味を持つ頃だろうか。

僕は曖昧《あいまい》な顔をしたまま、ひとまず賛辞を受け取ることとした。

「今日はなんだ、その話をしにきたのかい」

「いいえ。お母さんから伝言。近いうちにまたご飯を食べにいらっしゃい、放っておいたらすぐにお酒でふやけるんだから純は、って」

「後半は僕に伝えなくてもいいことだね」

僕は少々大仰に肩を竦《すく》めてみせた。

「だって叔父さん、来てみたら本当にふやけているんだもの」

そして姪は膝《ひざ》の上の『秋風』に手を置き、お下げ髪を軽く揺らしながら微笑んだ。

「ね、もう少し雑誌をここで読んでいてもいい？　お仕事の邪魔はしないから」

邪魔も何も、そもそも仕事を何もしていなかった僕は、取り繕うためにもそもそと文《ふ》机《づくえ》に向かう羽目になった。姪は読書に忙しくずっと僕に背を向けていたが、酒はもう飲むなと監視を受けている気分ですらあった。

とはいえ、僕はこの姪には弱く、僕の家を時に秘密の隠れ家のように提供することがあった。彼女は僕へ率直な親しみと、ほんの少しばかりは尊敬に近い気持ちを見せてくれる。本読みのあたりは僕とはどこか相《あい》通じるところもあるような気がしていたし、言わば羽多野家の中の贔屓《ひいき》である。

「そういえば叔父さん、最近姿見に布がかかっているのはどうして？　ずっとそのままにしてあったじゃない」

ちくりと小さく刺されたような気分になった。部屋の奥の鏡は、冬からこの方有り合わせのもので隠してある。僕は動揺を見せぬよう静かに声を出した。

「黙って読んでいなさい」

姪の監視のおかげでその日の進捗《しんちょく》は好調で、新しい短編の初稿は半分ほど出来上がる有様だった。


「良い監督生じゃないか、その姪とやらは」

呵々《かか》と笑いながら関は晴れた空の下、少しばかり埃《ほこり》っぽい道を行く。四谷の話が立ち消えになった関係で、僕らは別途新しい怪談を探さねばならなくなった。今日の谷中《やなか》行きはその取材行という訳だ。

「我が社にも是非そういう可愛い見張りが欲しいね」

「君が言うと感じが悪い」

こいつ前も女学生の日記に興味を示したりはしていなかったかと、僕は彼の顔を軽く睨《にら》んでやった。

谷中の通りは店も人も賑《にぎ》やかで、もう少し行けば寺だの広い墓地だので静謐《せいひつ》な空気も漂うところだが、道には鰻《うなぎ》を焼く香ばしい匂いが流れてくる。僕は下町の方面にはあまり足を運ばないが、なるほど活気はあれども寺町らしく、どこか侘《わ》びて上品ではあるな、と辺りを見回した時、僕の腰の辺りにどんと何かがぶつかった。

「ごめんなさい！」

高い声に、見ると子供が二、三人ばらばらと連れ立って駆けていく。のっぽの小父《おじ》さんだ、大入道だ、などと口さがない声もしたので、やはりそう品もないのかもしれない、と思い直す。

「掏《す》られでもしていないか、君はボンヤリしているから」

関は関でいつもながらに人情というものを信じようとしていない。僕は財布をあらため、彼らの潔白を確かめた。

「身なりもおかしくはなかったし、ただのここいらの子供だろう」

「餓鬼は放っておくと何をするかわからんぞ。俺の地元では他所《よそ》から人が来るとその辺りの石やらを法外に売りつける馬鹿がいた」

「それは何をどうして騙《だま》されるんだ」

「『小父ちゃん、こんなキラキラが入った石を見つけたんだけれど、もしかして金じゃないかしらん？』」

妙な声真似をするが、とっくに成人を迎えた男子がすることであるから不気味極まりない。

「純真そうな顔をすればまあ、学者先生でもなければこれが案外コロッといく。調べればすぐにわかるさ。愚者の金という奴だ。河原にはゴロゴロと転がってる」

愚者の金、黄鉄鉱《おう》というのは書物で目にしたことがある。輝きばかりは黄金のようだが、大した値打ちもない。塊ならば棚に飾って楽しむこともできようが、そこらの石に含まれる小さな欠片《かけら》では何になることもない。

「君は東北の生まれだったか。あの辺でそんな物が採れるんだな」

「岩手の山側だな。石と木だらけだったから、子供も小遣い稼ぎに悪知恵を働かせるわけだ」

それは流石にごく一部の事情ではないのか、しかもその贋金《にせきん》売りはもしや君自身ではなかったのかと問い質《ただ》そうとしたところで、目的の煎餅《せんべい》屋へと到着した。古い建物が多く残るこの街では、珍しく白壁のまだそれほど汚れていない、綺麗《きれい》な店構えだ。抹茶色の暖簾《のれん》をくぐる。薄く鼻をくすぐる醬油《しょうゆ》の匂いが香ばしい。

「どうも、紹介頂いた帝都読報の者です。怪談をいただきに上がりました」

米菓子を注文するかの如き口振りで恐怖譚《たん》を聞きに訪れる人間を、僕は寡聞にして関信二以外に知らない。

奥に通された僕らに、店の女将《おかみ》という三十路《みそじ》頃の少し猫背になった内気そうな女性は、声を潜めてこんな話を語ってくれた。名は三重《みえ》さんと言うそうだ。

きっとあれは幽霊なんですよ、と。

彼女がそれを見たのはこの煎餅屋の店内ではなく、三軒先の甘味処であるという。蜜《みつ》豆《まめ》が売りでそこそこに繁盛している店らしく、売り子も何人かが常に忙しそうにしている。中でも働き者であった跡継ぎの若い妻が、数月前に女の赤ん坊を産んだ。

産後の肥立《ひだ》ちも良く、赤ん坊も達者なもので、母になった今でもくるくると明るく客の相手をしながらも、店の中で赤ん坊の面倒を見ているという話だった。赤ん坊は訪れる人々にもあやされ、時には外で抱かれて良い客引きにすらなっていたとか。おかげで周りの店にも少しばかり人が増えまして、有り難いことでしたけれど、と三重さんは続ける。

「そりゃあめでたいこと尽くしですが、一体何が怖いんです」

関は遠慮という物を知らないので、眼鏡を押し上げながら三重さんを急《せ》かす。話はこれからだろうにと僕は彼のせっかちにため息をつきながら、恐怖に突き落とされる展開に備えた。

三重さんは言う。そんな折です、私があれを見たのは。

母親も常に赤ん坊を抱いて世話しているわけにいかない。何かと人手が入り用な時は赤ん坊を揺《ゆ》り籠《かご》に入れて店の者と交代で目をやっていたそうだ。煎餅屋の三重さんが妙な子供を見かけたのは、そんな折、町内の用事で店を訪ねた時のことだった。

「五、六歳ばかりの小さな女の子で、赤い着物を着ていたかしら。頭をおかっぱにしたのがこう、籠を覗《のぞ》き込んでいて、顔は見えなくて」

初めは客の連れている子供だろう、と微笑ましく思っていたのだそうだ。人の少ない時間ではあったし、母親は彼女に応対しながらも時折籠に目をやり、眠っているらしい赤ん坊をにこにこと見ていた。何とも平和な時であったという。

「失礼ながら、家庭欄とお間違えになっちゃいないでしょうな」

「関」

苛々《いらいら》と鉛筆を揺らす関を、僕は軽く肘《ひじ》で突いた。

関が茶々を入れてくれた方が恐ろしさは減ずるのだが、流れという物がある。語り手の不興を買っては余計な時と手間が掛かるのであるから、迅速に聞き、迅速に恐怖し、迅速に記事とした方がいいと僕は学んでいた。幸い、今回の語り手はそれほど気分を害した様子もなく話を続けてくれた。

その時ですよ。三重さんは恐ろしげに身を震わせた。中から物を取ってきますから、少しこの子を見ていちゃくれませんか、と赤ん坊の母親が立ち上がった。近所のよしみでもあるし、売り子も傍にいたから三重さんは気安く請け合った。ただその着物の子供が何かしやしないかと懸念はあったので、可愛いことね、と自分から話しかけてみたのだという。

子供は何も答えなかった。ただ顔を上げ、三重さんの方をじっと見た。

その顔は、目と口のところにぼやけた闇の如き穴がぽかりと空いていて、表情も何もわからなかった。

僕はその話を聞いて思わずヒッと喉《のど》を鳴らしてしまったのだが、その時の三重さんは違った。驚きのあまり悲鳴すら上げられなかったのだという。冷や汗を感じながらじっと見つめていると、子供の口のところの穴が、ぐにゃりと歪《ゆが》んで笑みのような形になった。そうして、その子は何をするでもなく、スッと雪が溶けるように目の前から消えてしまった。

戻ってきた母親は、それまで居た子供が消えていることなど特に気に掛けてはいないようだった。ただ、三重さんが顔面蒼白《そうはく》なのに不審を覚えた様子で、どうしました、と尋ねてくる。今、ここに居た子が、と指差すも、何かの見間違いでは、という顔をされる。店の者にも客にも子供の顔と消失を見ていた者は居なかったらしい。ただ、赤ん坊は何事もなかったかのようにすやすやと安らかに微睡《まどろ》んでいた。

「あまり騒いではお店の邪魔ですから、そのまま戻ってきまして。私だけが妙な幻を見たのかと思いもしましたが、思い出すにつけあれは幽霊か何かではないかと思ったのです」

甘味処は今も繁盛しているらしい。子供の噂も特に立つこともないそうなので、現れたのはその一度きりだったのか、妖《あや》しいところを見た者が他に居ないのか。

三重さんはそこで語る口を閉ざし、そっと目を伏せた。顔色はあまり良くない。目の下に浮いた隈《くま》が目立った。

「その子供というのは何故あの店に出るのかおわかりですか」

「それは……何も知りません」

ふうむ、と関は鉛筆の尻《しり》で頭を掻《か》く。そして、三重さんに二、三質問を投げてから、も少し事情を詳しく知りたいところだが、と呟《つぶや》いた。

確かに、その子供がどういった背景を持ち何故その店に現れたのかはまるで不明である。だが、見た目はいかにも恐ろしい。僕は関への借りに免じてそれなりに湧いてきていた取材への意欲と、これ以上そんな異様な子供に関わり合いになりたくない、という気持ちとの間で宙ぶらりんになっていた。

そんな時、関がじろりと僕を見た。僕はまた実地だ実地だと言い出すのかと思い覚悟を固める。だが、彼は手帳を仕舞い、三重さんに謝辞を述べると立ち上がった。

「まあ、後はどうにでもなろう。失礼するか、大久保」

僕は呆気《あっけ》に取られ、正座の姿勢のまま関の顔を見上げていた。三重さんはまだ冴《さ》えぬ顔色のまま、それならお土産をお持ちくださいな、と店の煎餅を幾らか僕らに渡してくれた。そうして、どこか神経質そうな姑《しゅうとめ》らしき女性の声に呼ばれ、身を小さくして店に戻っていった。

「その甘味処とやらに行くつもりなのか？」

店を出た関が少々思案顔をしているので、思わず僕は自分から恐怖に飛び込む提案をしてしまった。この春からの僕は、どこか浮ついているようにも思う。

「何だ、珍しいな。今日の大久保先生は随分と勇猛果敢だ」

関は眉《まゆ》を上げ、歩き出す。

「まあ、行くは行くが……今回、妙にここに引っかかるところがある」

関は淡い色の帽子を被《かぶ》った自分の頭を指で突《つつ》いた。

「ちょうど良いから店で話すか。こういうことは君の方が良くわかるかも知れんからな」

関の方こそ珍しく、僕を何か頼りにでもするようなことを言う。

三軒先という甘味処はこぢんまりとはしていたものの、やはり周囲よりは新しい造りの店だった。『よし田《だ》』と看板ばかりは年季が入っており、店そのものは長く続いていたのだろう。僕はそこでふと気づく。

谷中は、前に東京を揺るがしたあの震災では、それほど家々が倒れなかったと聞く。火事も少なかったらしい。先の煎餅《せんべい》屋とこの甘味処は、その少ない例外であったのではないか、と。

もう六年ほどは前の話だ。わざわざ店の者に確かめるのもあまり行儀がいいとは思えない、ただの連想だ。僕の連想は、目の前で暖簾《のれん》をくぐる中背の男に移る。彼も、あの日家族を——連れ添ってそう長くもない妻を失っていた。

僕が感傷に浸りそうになった瞬間、現実の関はくるりとこちらを振り返る。入り口で思案をしていた僕を見咎《みとが》めたのだろう。彼は眉間《みけん》に皺《しわ》を寄せた。

「おい大久保、是非入りたいと言ったのは君だろう。だからボンヤリだと言うんだ」

「僕は何も是非なんてことは言っていないぞ」

僕は首を振り、要らぬ空想を振り払う。関本人の薄い顔を見ていると、やはり余計な詮索《せんさく》はどうにも行儀がいい行為ではないな、という気がしてくる。

一度災難に見舞われたとは言え、ふたつの店は今も繁盛しているし、関信二はいつも傍若無人だ。傷の癒える癒えぬはともかく、生活は続く。人は感傷ばかりで生きてはいけない。止めだ。僕は気持ちを切り替えるつもりで関に続き、店内に足を踏み入れた。

座敷では、話に聞いた通り籐《とう》の揺り籠と赤子を抱いた若い母親が出迎えてくれた。童顔の愛想の良い様子で、どうぞごゆっくり、と声を掛けてくれる。僕らは真ん中辺りの席に腰を下ろした。席は八割方埋まっていたが、話に聞いた子供の姿は特段見当たらなかった。

蜜豆《みつまめ》をふたつ、と頼むと、母親は子を抱いたまま立ち上がり、奥へと向かう。僕は常日頃はあまりこの手の店に寄ることはない。甘味はあまり酒に合わないし、そもそも多くの甘味処では酒を置いていないからだ。

「それで、引っかかるというのは」

怪異の姿がないのに僕はホッとし、話を切り出した。関も答える。

「うん。俺が気になっているのは、だ。どうしてあの煎餅屋の女将《おかみ》はわざわざ我々に怪談話をしたのか、というところだな」

「取材という話だったんだろう。何が不思議なんだ」

僕はむしろ関の言葉に不審を覚える。怪談を聞きに来て怪談を語るのがおかしいとは、随分と勝手な言い草だ。

「今回の話はな、知り合いの伝手《つて》じゃない。投書だったんだ。大抵は箸《はし》にも棒にもかからない物ばかりだが、あの話だけは妙に真に迫っていてな。聞いても良かろうと思い君を誘った」

僕はさらに不審を感じた。

「それじゃあ君、元からあの話は知っていたのじゃないか。変に茶々を入れていた癖に」

「概要しか書いてはいなかったし、あの女将、本題をなかなか話さないものだからな。それは良いんだよ。問題はだ、何というか……あの怪談、告げ口じみちゃいなかったか」

「告げ口？」

「あの話がそのまま紙面に掲載される。すると何が起きる。多少はぼかしても、この近辺ではこの店ではと勘付く者も現れるかもしれない。妙な噂が広まれば、食い物屋なんぞすぐに……」

蜜豆をお持ちしました、と明るい声がした。僕らは口をつぐむ。幸い会話を聞かれた様子もなく、あの若い母親は甘味を置くと離れて行った。赤子は揺《ゆ》り籠《かご》に入れられていたらしい。母親は少し籠を揺らすとまた呼ばれてはすぐに奥の席へと向かう。なるほど、働き者とは本当のようだ。

「まあ、そういうことがな、少し気に掛かった。どうも様子がおかしいようにも感じたしな。それで、その辺の心理に関しちゃ君の方が得手だろう」

「心理も何も、店が気に食わないのじゃないのか？　商売敵《がたき》と思っているとか」

確かに関は人の心の機微には疎い人間だが、突如としてそのような頼られ方をされても困る。

「甘味処と煎餅屋、敵という程のものかね。実際、客が増えて周りも儲《もう》かったと言っていたしな。片方に人が寄り付かなくなれば、あちらの店にも人は減るという方が自然と思うが」

そうなっても構わないと思うほど、あの子供が恐ろしく厭《いと》わしかった、ということだろうか。

「新聞に投書をするよりも先にやることがあるだろうよ。店の者に忠告をして、後は拝み屋だとか、坊主だとか」

そう言われてみると、何とはなしに薄っすらとした恣意《しい》を感じもする。まず疑ってかかるところ自体はいつものこの男ではあるのだが、僕には事態よりも彼の態度に引っ掛かりを覚えた。

「今回妙に気を遣うな。君らしくもない」

「谷中は割に来るんでね。この店にもたまに寄る。贔屓《ひいき》という程でもないが……」

関は木匙《さじ》を手に取ると蜜豆を掬《すく》って口に放り込み、口の端を吊《つ》り上げる。

「まあ、悪くない味だ。無くなるのは惜しいな」

そんな理由か、と気が抜けるような気持ちになる。どうにもこの男は、自分本位で動くのが常だ。相変わらずの様子に呆《あき》れ果てるが、乗りかかった船でもあるし、僕も一口、と思ったその時だった。

僕らの席は中ほどの壁際で、座敷がぐるりと見渡せる。入り口近くの席には揺り籠が置いてあり、微《かす》かに赤ん坊の頬の柔らかな丸みが覗《のぞ》いていたのだが、その手前にはいつの間にか赤い着物を着た小さなおかっぱの子供の姿があった。膝《ひざ》をつき、籠の中を眺めている。

赤ん坊の母親の姿はない。子供はちょうど背を向けていて、ここからは顔が見えない。下を向いているから、他所《よそ》の席からも見えてはいないだろう。可愛らしく蝶結《ちょうむす》びにされた黄色い帯だけが目立っていた。関も子供に気づいたようで、細い目をさらに細める。

僕は背中に嫌な汗を感じた。今にもその子が振り返り、穴の空いた顔で笑いはしないかと——。

お団子をお持ちしました、と先の母親の声がした瞬間、子供はすぐに消えた。話の通り、雪が溶けるようにするりと居なくなったのだ。その瞬間を捉《とら》えていた客は他に居ないようで、僕らの隣の席のご婦人方が賑《にぎ》やかな笑い声を上げた。関は傍に置いた写真機《カメラ》に手を伸ばしかけた格好で止まると、いかにも残念そうに首を傾げた。

「今のだな。話は裏付けられたが、さて……」

「記事になりそうかい」

「とりあえずはこちら側にも話が聞きたいな。ああ、君のさっきの顔はなかなか良かったから、文に入れ込むぞ」

余計なことを言いながら関は立ち上がると、件《くだん》の母親に話し掛ける。僕は揺り籠を見つめる。子供の幽霊とは、何とも憂鬱《ゆううつ》なものだ。僕は昔誰かから聞いた賽《さい》の河原の話を思い出す。親より先に死ぬ不孝な子が行き着く場所だという。石を積んでは鬼に崩され、積んでは崩され、の地獄だ。昔は眠れなくなるほど恐れた説話であったが、もう僕はそこに行くことはない。特に何をするでもない先の子供の様子を見るにつけ、今では恐怖よりも哀れさが勝っていた。

結局、その日は多忙を理由に断られ、取材は日を改めることになった。子供も僕らの目の前に姿を現すことはなかった。蜜豆は想像以上に甘く美味《うま》くはあったが、喉《のど》が渇く。僕は関と別れると土産の煎餅を手に、あわよくば義兄と晩酌でも酌み交わそうと市ヶ谷の羽多野家に向かった。


「駄目ですよ、純には一滴も飲ませませません」

昔から気の強い僕の姉、羽多野和子《かずこ》は頑として譲らず、僕の夕餉《ゆうげ》はやや味気ないものとなった。卓袱台《ちゃぶだい》を囲む羽多野家の空気はいかにも温かく、僕なぞのような闖入者《ちんにゅう》も受け入れてくれる。所在無さと有り難さとの狭間《はざま》で、僕は白飯をもそもそと嚙《か》む。今日は菖蒲《あやめ》の柄の銘仙を着た姪《めい》は、面白そうな顔で僕の方を見ていた。

この家には実に世話になっており、常にフラフラと落ち着かない僕にとっては、頭が上がらない場所のひとつである。先の冬に僕が怪異に憑《つ》かれ、危うく自死を企てる羽目になった、ということについては彼らは何も知らない。知らないが良かろうと思う。あれは僕にとってもあまり思い出したくはない記憶である。それに、彼らは僕にとっては日々の暮らしの偶像《イコン》のような物であり、数少ない確かな人との繫《つな》がりでもあった。少々のいたたまれなさと隔絶、そして昔見たような目を痛めそうな程の眩《まぶ》しさを感じることこそあれ、だ。彼らを変な具合に心配させ、心を揺らし乱してしまうのは申し訳のないことだ。

生活の世話の代わりに僕が提供できるのは、物語という娯楽と子供達の面倒を見ることくらいである。早速今日の怪談を簡単に話すと、幼い甥《おい》はどこまでわかっているのか、怖いもの知らずな歓声を上げていた。

「叔父《おじ》さんは喋《しゃべ》ると途中で自分で怖がるから、こっちは醒《さ》めてしまうのだと思うの」

姪はまた遠慮知らずに物を言うし、姉も涼しい顔で茶を啜《すす》っている。義兄だけが怖いことだね、と真面目に頷《うなず》いていた。

「そんなに怖くなかったかな。だってその子供は、何をしようとしているのかわからないんだよ」

「それは気味が悪いけど」

姪が言うと、姉はもったいぶった風に桜の柄の湯呑《ゆのみ》を置いて口を開く。

「わからないかしら？　私は似たような幽霊を見たことがありますよ」

全員の目が、どこか心得顔の姉へと集まった。僕は殊《こと》に驚いていた。よもや我が姉にも怪談の当てがあったとは。

「昔、牛込の家にいた頃ね。純がまだ赤ん坊だから、私は五つかそこらで。縁側でお母様――翠と勝治《かつはる》のお祖母《ばあ》様が純の面倒を見ていたのだけど、そのうち洗濯をするので、少しだけ目を離していたのよ」

何だか風向きが怪しくなってきた。牛込の家といえば、今は僕ひとりが暮らすあの一軒家のことである。まさか舞台が僕の家とは思わなかった。しかも縁側だから、僕が日常を過ごす部屋だ。

「私も代わりに見ていなけりゃ、と思ったのだけど、庭の何かが気になって気を逸《そ》らしてしまった。そうしたら、誰かが私の腕を叩《たた》いてね」

振り返るとそこには、見知らぬ三歳ばかりの男の子が立っていたらしい。どこかで見覚えのある顔立ちのその子供は、縁側を指差す。見ると赤ん坊の僕は寝返りを変に打ったのか、今にも下の地面に落ちそうな姿勢になっていたのだという。

姉は急ぎ母に声をかけ、僕を押し上げた。僕はお陰で頭を打ちもせずに無事助かった。男の子は気がつくとどこにもおらず、母に告げる機会も何となく失ってしまったのだそうだ。

「だから、人に話したのはこれが初めてね」

「その子は……」

「多分ですけどね。私の弟で、純の兄さんね。育っていたらあれくらいの年頃だったし、顔がお父様によく似ていたから」

その子供が姿を現すことは二度となかった、と聞いて僕はホッと胸を撫《な》で下ろした。同時に、不思議な物寂しさを感じた。姉と僕との間にはひとり男の兄弟が居たらしいが、あまり強く生まれてはこず、小さいままで命を落とした、と聞いていた。よくある話だ。子を産む母も、生まれる子も、どちらも文字通り命懸けで人は殖《ふ》える。

「良い幽霊というのもいるものね、と後々思いましたね。弟を心配して出てきたのだと考えると、いじらしくてね」

だから純ももう少ししっかりとなさい、せっかく助けてもらったのだから、と突如矛先は僕に向き、ほのぼのと暖まった空気は散ってしまった。

「つ、つまり、今回の子供も赤ん坊を守ろうとしていると？」

僕は苦心して話を元に戻す。説教はするのもされるのも苦手である。自分が一番よくわかっていることを、他人に指摘されることほど心苦しいものはない。

「そうではないかしらね。姉妹なのか先祖か何かなのかは知らないけれど」

なるほど、人に優しい幽霊か、と僕は少し気が軽くなるのを感じた。そういう存在が幾らか居ることを僕は知っている。今回もそうならば、きっと記事も少しは電気の光のごとく清く明るくなろう。

言わば命の恩人であったというのに、死んだ兄のことは普段さほど思い出すこともない。そのことを少々済まなくも思った。幽霊にも寿命のような物があるのではないか、と以前関と話したことがあるから、人前に現れたのはその時限りということは、もうこの世からは消えてしまったろうか。

とは言えさすがに我が家が舞台とあっては、怖い物は怖い。その晩帰宅してからは、羽多野家で飲めなかった分の酒を飲んでから少し考え、僕は電気を消さずに寝た。あいにく夢見は悪く、結果珍しくも早朝に目覚めてしまった。せっかく僕を助けた兄に失礼な真似をした罰であったかもしれない。僕は布団にだらりと横たわり、幾ら怖くともこの試しはもう止めにしよう、と布の掛けられた姿見を見つめながらそう思った。

まあ君のその姉さんのところの家は、聞く限り何と言うか、太平楽だからなあ、というのが僕の話への関の感想だった。

「そうお人好《よ》しが幾らも居るものかね」

「いいじゃないか、赤ん坊を心配でじっと見ている子なんていうのは、可愛らしい」

「それならいいがな。人情話が評判になって『よし田』にも客が案外増えたりするかも知れん」

夕方、店を閉めた後でしたらお話は出来ます、とのことで、子供の幽霊を見た数日後、僕らは再び谷中へと向かっていた。今度は『よし田』への取材だ。『帝都つくもがたり』は大して長い記事でもないのだが、上が言うのか関の性分なのか、こうして何度も調査に足を運ぶことというのは良くある。そのくせ、最終的には真偽もよくわからない胡散臭《うさんくさ》い文面が出来上がるのだから、あまり経済とは言えないのではなかろうか。

店は既に看板だったが、裏口から訪ねるとあの若い母親が通してくれた。片付けにばたついているところを、急な階段を上って二階の座敷に通され、この店らしく草餅《くさもち》と茶を出される。相手の腕の中では赤子が少しむずかりながらも、眠気に抗《あらが》えずにいた。目鼻立ちが良く似た母子《おやこ》だ。他に客の居ない座敷は案外広く、少々居心地の悪い気持ちがした。

「何ですっけ、怖い話がどうとかいう……」

本庄《ほんじょう》トシと名乗った母親に対して、関は手短に僕らの来訪の目的を告げた。当然目撃者のことなどは伏せたはずなのだが、彼女は鋭く看破してのける。

「三重さんではないですか。お煎餅《せんべい》屋の」

彼女は眉《まゆ》を顰《ひそ》め、少し憂鬱《ゆううつ》げな顔になった。

「あの人、最近少し様子がおかしくて。以前は良くしてもらっていたのですけど、今はあまり行き来はしていません」

どうも近頃目に見えて態度が冷たくなった、陰口も叩いているそうだ、ということらしい。今回の件もその一環ではないか、というのが彼女の意見であった。本当であれば、関の危惧《きぐ》は当たっていたことになる。

「私は店でその子供を見たことはありませんし、妙な記事にされるのも困ります」

トシさんの態度は実に毅然《きぜん》としていたが、関は意外にも几帳面《きちょうめん》な文字が並ぶ手帳を、鉛筆の尻《しり》で軽く叩く。どうにも悪徳記者という印象は拭《ぬぐ》えない。

「そりゃ災難でしたな。しかし、子供自体は我々も見たんですよ」

もし姉の話通りこの店に縁ある何かが赤ん坊を守ろうとしているのであれば、このトシさんにそれを教えるべきか否か。僕は関の無神経な言い草とそれを撥《は》ねつけるトシさんの応答が続く中、下を向いてやや逡巡《しゅんじゅん》した。すると、その時だ。ついついと腕を突《つつ》かれるような感触があった。

「何だい、関」

「何が何だいだ。誰も呼んじゃいないよ」

気のせいか、と顔を前に戻す、と、その時目の前にあのおかっぱに赤い着物の女の子供が居た。抱かれた赤ん坊をじっと見ている。その子はトシさんの後ろに隠れるような形で立っていた。話に聞いた通りの、目と口の代わりに穴の空いた顔で。

「大変失礼ですが、化けて出るような子供に心当たりはありませんかね」

「……それは、ないとは言えませんけれども」

「何も恨みを買っているとも限らない。話を聞かせちゃくれませんかね」

トシさんと関はまだ気がついていない様子で、話を続けている。僕はゾッとしたが、顔こそ不気味であれ、その様子はいかにも無邪気だった。眠たそうにし始めた赤ん坊がそっと座布団の上に寝かされると、しゃがみ込んで顔を見ている。

やはり、幼くして死んだこの子の姉か何かなのかもしれない。僕は口を開こうとし——。

「でも、おかしな話なんです。……私、以前最初の子を亡くしました。それは確かです。ただ、うちに縁のある子とは思えません」

「そりゃまたどうして」

トシさんは憂いを顕《あらわ》にして目を伏せた。

「だって、その子は」

男の子なんです。

トシさんの言葉と眼前の風景とに、僕はハッと目を見張った。関の無神経を責める余裕もなかった。赤い着物の女の子供は、赤ん坊目掛けてそうっと両手を伸ばしている。

その手は、無防備な赤ん坊の鼻と口を押さえて塞《ふさ》ごうとしていた。

「止めろ」

僕は反射的に叫び、転びかけながら座布団の上に立ち上がった。関がギョッとした顔で僕を、そして僕の視線の先を見る。彼は初めて子供に気がついた様子で、それでも素早く草餅と一緒に出されていた菓子切りを投げつけた。それは一瞬確かに子供に当たって跳ね返り、床に落ちた。しかし、その時にはもう子供は再び溶けるように消えていた。

「何、何なんです。今の子が、その……」

突然火が付いたような声で泣き出した赤ん坊に、トシさんはあやしながら狼狽《うろた》えた声を上げる。こちらも僕が叫ぶまで子供には気づいていなかったものらしい。

「やっぱりだ。あの子供、どうやらたちの良いものじゃないぞ」

関は座布団を蹴飛《けと》ばすように立ち上がり、眉間《みけん》に皺《しわ》を寄せ早口で続けた。

「どうしても心当たりはありませんか。五、六歳ばかりの女の子供だ。もしかしたら、もっと前にずっと小さい時分に死んだ子ということもあり得ます」

トシさんは目を大きく見開き、ハッとした様子でしばし無言を貫く。彼女はやがて遠慮がちな小声を出した。

「……三重さんと私と。ふたりとも、地震の時に同い年の赤ちゃんを……。あちらの子は、女の子でした。今は、近くのお墓に」

僕は、同じような新しい二軒の店の造りを思い出した。地震で崩れたのだろう建物。その時に巻き込まれたか、その後の火事か、それとも不自由な中で病気でもしたか。酷《ひど》い災害があれば、一番に苦しい思いをするのは、いつでも弱い者だ。赤ん坊など、その最たる者に違いない。

「繋《つな》がりそうだ」

関は鉛筆で手帳に何やらグルグルと丸を書いているようだった。

「待てよ、つまりあの女の子は煎餅屋の……」

僕の眼前に、関の使い古した手帳が突きつけられる。丸で囲まれていたのは三重さんの名前で、そこからぐるりと線が伸びて、一番頭の『赤い着物の女の子供』に繋がっている。

「女将《おかみ》の子供じゃないかね」

僕は少し不審に思う。

「それなら何故あの人は、まるで知らないことのように話したんだ。自分の子だろう」

「自分の娘と気づいていなかったか、それともその三重さんが直々にやれと指示をしているのかもな」

「そこまでのことをするかな」

悪評を広めようとし、のみならず我が子を使って手まで下そうとする。それほどの悪女という風には見えなかった。僕が見た三重さんはどちらかと言えば、何かに疲れ果て、鑢《やすり》を掛けられたようにすり減った、ただの平凡な人間に思えた。だが、彼女が何かの形でこの騒動に絡んでいる、それには相違あるまい。

「子なんてのは親が頼りだからな。愚者の金の話をしたろ。あれだってどうやら家が傾いて危ないって言うんで、親のためにやってたそうだよ」

あんたは赤ん坊から目を離さないでいて下さい。関はそうトシさんに言うと、立ったまま草餅の残りを口に放り込んだ。

「もう一度煎餅屋だな、こりゃ」

「助けて下さるんですか」

顔を蒼白《そうはく》にしながらも、トシさんは赤ん坊を守るように抱きしめていた。

「助けられる保証は無いし、別に正義面する趣味はないですよ。俺はここの蜜豆《みつまめ》が好みなものでね。出来れば妙なことを思い出さずに食いたいんだ」

それに、このままよくわからないで終わるのも忌々しい、と関は口を曲げた。

「おう、大久保。手柄ついでに頼みがある。煎餅屋の方は君が行って話を聞いてくれないか。俺はこちらを見張る」

「僕が？　独りでか」

三重さんに対しての気持ちが纏《まと》まらぬまま、僕は眉間に皺を寄せ唸《うな》った。

「危ないのはこちらだから問題あるまいよ。何なら御守りでもやるから。場合によっては連れてきて貰《もら》った方がいいかも知れん」

「さっきの話通りなら、向こうで危ないのは人の方だろう。御守りが効くものか」

三重さんに逆上でもされれば敵《かな》わないし、話がこじれて巡査でも呼ばれれば一大事である。

る。
「それならウイスキーでも奢《おご》ろう。良い店を知っている」
僕はさらに眉間の皺を深くした。この男、酒さえあれば僕を動かせるとでも思ってい
「そういう問題じゃない」
「二杯、いや三杯」
「その程度で僕を」
「瓶で」
僕は大きく息をついた。
「……一度だけだぞ」
「よし来た。さあ急げ、大久保！」
やけに用意の良い関が投げてよこした小さな御守りとやらを受け取る。僕は我が身の
あまりの単純さに悲しくなりながら階段を駆け下りた。
下りたところで、手の中に収まるすべすべとした感触を不思議に思って手を開く。御
守りというのはよくある袋に入ったものではない、小さな犬の形をした土鈴だった。丸
まっちいころりとした形に垂れた耳、首からは赤い組紐《くみひも》が伸び、絵付けは少し歪《ゆが》んで、
黒い丸い目がほんの少し垂れている。桃色の舌をちょろりと口から出し、尻尾《しっぽ》はくるり
と丸まり、総じて変に愛嬌《あいきょう》のある優しい様子をしていた。胴体に描かれた小さな赤い花
の柄は華やかで、御守りというよりは子供の玩具《おもちゃ》のようにも見える。こんな物が何かに

効くものかと僕は少し首を傾げた。

　階下では様子を窺《うかが》っていたのか、トシさんの夫らしき若い男が僕を避けようと盆踊りのような格好で後ずさる。この人にも話すべきことは沢山あるように思うが、今は後だ。関がどうにかするであろう。世のため人のため、蜜豆のため、などと奴は言うかもしれない。人を巻き込んでいるのだから、それくらいはしてもらわねば困る。

　外は黄昏《たそがれ》手前の柔らかな光が少しずつ弱まりつつあるところだった。煎餅《せんべい》屋ももう店仕舞い済みで、裏手に回るか表から声を掛けるか思案した挙句、何も思いつかずに表の通りの戸を叩《たた》いた。ややあって、戸が開くとどこか陰気な顔の老婆が顔を出す。

「もう仕舞いましたが、何かご用ですか」

　じろじろと頭の上から足のつま先まで遠慮なしに眺め回された。

「ああ、前にいらしたことがある方ですか。三重さんなら今出ていますが」

　目立つ上背をしていても、あまり得に働いたことはないが、こと覚えられやすいという一点に関しては助かるときもある。僕は、外で構わないので少し待たせて貰えないかと老婆に頼んだ。話をせねばなるまい。

「構いませんが、あなたあの人とはどういう？」

「仕事でお話を聞きに伺っただけの者です」

そう、とまたじろじろ見られる。以前この店に来た時、妙に神経質な声が彼女を呼んでいたことを思い出した。きっとこの老婆が三重さんの姑《しゅうとめ》に当たる人なのだろう。

「もう、遅いこと。少し買い物に出ただけですのにねえ。どうも油売りで」

ちらりと柱の時計を見て、老婆は苛立《いらだ》ちの棘《とげ》が隠れた粘ついた響きの声を上げる。客人にわざと聞かせるようなその一言で、僕は三重さんとこの姑との関係がおおよそ推測できるように思えた。

幼い子を亡くして苦しみ、人を恨み、加えて日々の暮らしで支えられるべき家族に邪険に扱われる。それでは、どこにも彼女の居るべき場所がないのではないか。

まだ事の真相は明らかになってはいない。無闇に同情はすまいと思いながらも、あまり気分は良くなかった。僕は、表で待ちます、と言い置いてまた外に出た。暖簾《のれん》を潜《くぐ》ったところで、あら記者さん、と通りの少し先から声を掛けられた。地味な煤色《すすいろ》の着物姿の三重さんは、買い物帰りらしく、風呂敷《ふろしき》の包みを抱えてすぐ傍に立っていた。

「僕は同行していただけで、記者ではないです。大久保と言います」

「ああ、そうでしたね。何かご用でも？」

『よし田』の例の子供の話を、と言うと、三重さんは戸惑い顔になった。目が僅《わず》かに左右に泳いだように見えたのは、僕の思い込みだろうか。

「お話は、あれが全部です」

僕は僕で困っていた。あの子供は赤ん坊に危害を加えようとしたんですよ、だの、もしやあなたの子なのでは、だの、突然切り出しても怪しまれるばかりだろう。

「……この店は、地震に遭いましたか」

だから僕は、少々迂遠《うえん》なところから始めた。僕の話術は拙《つたな》いものだが、仕方があるまい。

「そうですね。全部崩れたわけではありませんけど、元々古い店でしたから、いっそ取り壊して新しく、と」

「『よし田』も？」

「え？　ええ。同じような具合でした。私達だけ運がないと、お互い……」

表で立ち話をしていては、とやかく言われますから、と裏手に続く路地へと誘われる。

一番とやかく言うのは、きっとあの姑なのだろう。僕は関に重荷を背負わされた気分で三重さんを追い、話を続けた。

「あちらの奥さん、トシさんとは仲が良かったのですね」

「そうね、年は少し違いますけど、話は合いました」

「それは――」

僕は微《かす》かに息を吸う。そうして、意を決して言葉と共に吐き出した。

「同い年の子供が理由ですか」

三重さんの足が止まった。今はもう居ない、ふたりの子供。

「酷いことを言うかも知れません。許して欲しい。だが、『よし田』の赤ん坊が危ないので、僕は、見捨てる訳には」

人情と責任と物欲と、逃げ出したい気持ちとで内心混乱をしながら、僕は続けた。

「あの赤い着物の女の子は、あなたの……亡くなった子供ではないかと思うのです。あの子はついさっき、赤ん坊の息を止めようとしていた」

「し……知りません」

三重さんの内気そうな顔は少しずつ曇り始めた。曇ると、目の下の隈《くま》が目立つ。彼女はだんだんとくたびれたような様子になっていった。

「あなたが全てご存知でいるのか、何も知らずに子供が勝手なことをしているのかはわかりません。でも、どうにか止められないかと、僕は」

「私……」

三重さんはへたり込みそうになりながら、大きく息をした。

「本当ですか、それは」

僕は頷《うなず》く。彼女は壁にもたれかかると、重たく首を振りながら呟《つぶや》いた。それは、半ば自白でもあった。

「あの子、私の考えていたことがわかるのね」

僕も心が鉛のように重く苦しかった。つまり、三重さんは初めからこう思っていたのだ。あの赤ん坊が憎い、あの店が憎い、どうにかしてやりたい、と。そして、その気持ちのために子供を利用した。

僕は説教が苦手だ。罪もない赤ん坊をどうして、などと詰《なじ》る気はなかったし、掘り返すつもりもなかった。同じ年に生まれて死んだ赤ん坊ふたり。片方の女は再び子宝に恵まれて幸せそうに暮らし、片方はどうやらそうでない。想像だけはつく。ただ、死んでも母を慕っているのだろう子供が哀れだった。

「なら、止めた方が互いのためでしょう。今ならまだ間に合います」

「そうでしょうか」

三重さんの肩が小さく震えていることに、僕はようやく気づく。彼女は顔を上げる。くたびれた顔がひどく青ざめていた。

「私、もう酷いことをしているのに」

「それでも、まだ最悪は起こっていない。止めてあげて下さい。僕が言うのはあなたのためではなく、あなたの子供のためです」

「先の取材の時に、ひとつ嘘をついていました」

暮れなずむ空に目をやり、三重さんは喉《のど》に詰まった石ころを吐き出すように苦しげに言葉を続けた。

「あの子を最初に見たのは、うちの店でなんです」

姑に詰られた夜、辛抱たまらずに店の裏手へ——つまり、僕らが今会話している辺りに逃げ出し、一人で泣いていた、その時だったという。近所の家々は仄《ほの》かな電気の明かりとどこからとも知れぬ団欒《だんらん》の声に溢《あふ》れていた。彼女だけがひしひしと孤独だった。そんな折、いつの間にか顔に穴が空いた子供が傍にちょこなんと立っていて、慰めるように彼女の着物の袖《そで》を引いた。顔はなくとも、死んだ自分の娘だとすぐにわかったという。

「本当は怖くなどなかった。会えて嬉《うれ》しかったはずなのに、私は――」

その顔を見た瞬間、三重さんは周りのありとあらゆる光を呪ってしまったのだ。当たり前の娘として子を抱けなかった悲しみもあったろう。先に幸せを取り戻したトシさんへの嫉妬《しっと》もあったろう。誰にも胸の内を吐露できなかったのは、何よりの苦渋であったはずだ。三重さんはただただ泣き崩れ、気がつくと子供は再び姿を消していた。

そうして、子供は次に甘味処で母の前に現れ――目のない顔で目配せをしたのを感じた、と言う。トシさんの赤ん坊を見て胸が潰《つぶ》れそうになっていた三重さんは、それに応《こた》えた。小さく頷いたのを合図に、親子は罪もない幸せを呪うことを始めてしまった。

「我が子にそんなことをさせてしまった人間ですよ。もう誰に合わせる顔もない……」

「しかし、このままではもっと酷くなる。本当にあちらに被害が出ては、それどころでは……」

さて、どうする、と僕は関に渡された御守りを握り締めながら考える。

「『よし田』に一緒に行きましょう」

言い出した僕自身が、それがいいか悪いか未《いま》だ逡巡《しゅんじゅん》していた。だが、他に当てもない。当人に決着を付けて貰《もら》うこと、それ以外に僕に出来ることなどなかった。三重さんは俯《うつむ》いてしまう。

「三重さん」

不意に、店の方から苛立たしげな声がした。三重さん、お話が終わったら早く台所を、とまた神経質なあの老婆の声だ。三重さんはきゅっと口を結んだ。

「わかりました。行きます」

それは覚悟を決めたと言うよりは目先の苦難から逃げようとする姿であるようにも見えたが、僕に何が出来ようか。僕と三重さんは裏手の道をゆっくりと歩き出した。どこかの建物で、わっと誰かの笑い声が上がる。その声を避けるようにして、黙って進んだ。狭い道を少し行けば、また『よし田』の裏口だ。トシさんに用が、と店の者に早口に告げ、僕と三重さんは二階に駆け上がった。

あの子供の姿はない。関とトシさんは先と同じく座して僕らを待っていた。トシさんはしっかりと赤ん坊を抱き、三重さんの顔を丸い目で、しかし睨《にら》みつけるように見つめている。トシさんはふいと目を逸《そ》らした。かつては仲の良かったふたりと言う。同じ時期に子を産み、同じ災害で子を亡くし、ずっと支え合ってきたのかも知れなかった。それが、今は。

「大久保さん、でしたっけ」

三重さんの声が震えた。見ると、彼女はカタカタと先程よりもずっと強く震えていた。視線は、抱かれた赤ん坊に注がれたままだった。

「ごめんなさい。私、やっぱり駄目です。無理です。苦しくて」

トシ、上で何かあったのか、と男の声がした。トシさんは不安げに関を見る。先ほども居た、彼女の夫という人だろう。その声を聞いた瞬間、三重さんは目尻《めじり》から大粒の涙をこぼした。

「だってあなたには旦那《だんな》さんが居て、可愛い子供まで生まれて、それで」

私にはもう、何もないのに。

僕と関は目を見合わせた。

「この人の……」

旦那は、とまではさすがの関も口にしなかった。トシさんもごく短く答えた。

「一昨年《おととし》に……倒れなすって」

赤い着物の子供が、いつの間にか三重さんの横に立っていた。母を慰めるように、表情を窺《うかが》うように、穴の空いた顔を歪《ゆが》ませて。きっと最初に三重さんの前に現れた時も、二度目の甘味処でも、こんな様子だったのだろう。

それから、子供は無邪気な様子でとことことトシさんに近づく。彼女は青ざめながらも赤ん坊を庇《かば》って立ち上がる。抱かれた赤ん坊は火が付いたように激しく泣き始めた。トシ、とまた男の声。子供は背伸びをしても届かないと見るやトシさんの脚にぎゅっとしがみつく。

「いや」

後ずさろうとしても脚が引けない様子で、トシさんは首を振る。

「止《よ》せ、この餓鬼……！」

関が強く摑《つか》んで引こうとするが、すり抜けてしまう。僕は僕で止めようと三重さんの肩を揺さぶる。

「三重さん、落ち着いて下さい。どうか止めさせて——」

だが、僕の肝は真夏に水中に落ちた時の如くサッと冷える。彼女は涙を流したまま震えるように笑っていた。

「いいわ。それでいいの。お母さんのして欲しいこと、わかるでしょう」

とても幸せそうには見えない、己の不幸に人を引きずり込もうとする者の、歪んだ笑顔だった。

「痛い」

脚を締め付けられているのか、トシさんの悲鳴じみた声が上がる。階段を駆け上がる音。

「大久保、旦那をこっちに来させるな、余計酷《ひど》くなる！」

僕とて言われる前に動いていた。気の好《よ》さそうな若い男が、階段の中途でこちらを睨んでいる。

「トシは！」

「今あなたが来ると拙《まず》いです。いや、もう拙いことになっていて……」

「意味がわかりません。通して下さい」

どんと突かれれば、僕など図体《ずうたい》が大きいだけだ。どうしようもなくたたらを踏み、後ろに下がる。尻餅《しりもち》をつきかけて壁にぶつかる。その拍子に、ずっと左手に握り締めていたものを取り落とした。それは畳の上に転がり、ころん、と可愛らしい音を立てる。

関が僕に投げてよこした、御守りだった。どこの神社のものかは知らないが、小さな犬を象《かたど》った土鈴だ。

「嫌嫌嫌、痛い、止めて」

子供がびくりと一瞬間動きを止めた。一際大きな悲鳴と、それに怯《おび》えてさらに激しく泣く赤ん坊に躊躇《ためら》ったか、土鈴の音に惹《ひ》かれたか。どちらかはよくわからない。ただ、子供の顔のない顔はくるりと御守りの方を向いた。

「トシ、これはどうした……！」

駆けつけた夫の腕に倒れ込み、トシさんが引きつけるような泣き声を上げた。腕に確《しっか》りと守られたままの赤ん坊の泣き声が、母の声をかき消した。三重さんが膝《ひざ》をがくりと落とす。子供は畳に伏せると顔を近付け、犬の土鈴をじっと見ているようだった。顔は無くとも、興味深げな様子が何故かよくわかった。

「おいあんた、子供使ってやることが赤子殺しか。そりゃあないんじゃないのか」

関が語調を荒らげる。僕は転がった土鈴を拾い上げた。軽い音が響く。犬の塗りは粗く、どこか玩具《おもちゃ》めいた優しい愛嬌《あいきょう》のある顔立ちをしている。子供が気を惹かれるのは、何となくわかった。この子はただ母の心に従っているに過ぎず、まだ可愛らしい玩具に興味を持つような無邪気な心を残しているということもだ。

死んだ兄と、まだ元気でいる姉のことを思い出す。兄が僕を救ってくれたのは、別段親に何か言われたからではあるまい。彼とこの子が同じであるはずもないが、僕はその時何か奥の奥にある衝動に突き動かされるような気持ちでいた。

僕はしゃがみ込む。立って大入道と言われたくらいだから、伏せた子供から見れば雷様か何かに見えるかも知れない。御守りを持つ手が震えた。声も。震えにつれ、鈴はからからと澄んだ音を立てた。

「これ、気になるかい」

子供はゆっくりと起き上がる。穴の顔が笑顔のように歪んだ。どうして顔に穴があるのか、考えると恐怖と悲哀で胸が潰れそうになった。もしかしたらこの子は、あの日酷い死に方をしたのかも知れない。例えば、顔が母親にもわからぬくらいの傷を負うような。

「あげてもいい。ただし、約束をしてほしい」

子供が首を傾げる。おかっぱ頭がさらさらと揺れるのはどこか可愛らしさの欠片《かけら》があるな、と思う。大久保、と関が何か言いかけて止めた。いつの間にか泣き止んでいた赤子とトシさんも、息を呑《の》んで僕を見つめているようだった。

いつものことだ。僕は、怪異に妙な思い入れをしていた。家族を亡くした母親と、その親の悪意のままに動く子供。幸せな者は何も悪くない。ただ、心弱い者にとって、在るだけで目を傷つけるような眩《まぶ》しい光というのは存在するのだ。それは正しさに則《のっと》った美しい光で、人の心を焼き、印画紙のごとくに影を焼き付ける。焼き付いた傷はもう消えない。その正しさ故に、誰かを非難することも出来ない。消えぬなりに、やり過ごせる時を待つしかない。

「人に酷いことをするのは、もう止めなさい」

僕はひとつ、賭《か》けをした。この子を信じるという賭けだ。一度負けているので、雪辱ということになる。だから、格好のつかない掠《かす》れた声でこう続けた。何をするの、と叫び飛び出しかけた三重さんの肩を、黙って聞け、と関が乱暴に掴んで止めた。

「君がやりたいことをしなさい。お母さんの言う通りにするのではなくてだ」

子供は母親の顔を見たようだった。関に羽交い締めにされた三重さんは、涙を流しながら顔を歪めた。僕は説教が苦手で、今ももう何を言っているのかと自分を張り倒したい程であったが、それでも今度は三重さんにどうにか語りかけなければならなかった。

「三重さん、あなたに」

関が振り解《ほど》かれ、眼鏡が畳へと落ちた。

「あなたに真実必要なのは、己の幸せであって、他人の不幸ではないはずでしょう。少なくとも、この子を巻き込むような物は、幸せなどではないでしょう！」

しん、と辺りが夕闇に静まり返ったようだった。僕自身の叫びの余韻が、耳の中で木《こ》霊《だま》した。

善性、という大層な名の黄金がある。人間は生まれながらに確かな善さを分かち持っていると言う者が居る。人の心にその価値ある欠片が真実宿っているものかどうか、僕は知らない。僕は僕自身を含め、愚かで惰弱な人間を大勢見てきた。だが、黄金の似姿にならば心当たりはある。河原の石に交ざった愚者の金の如く、弱く光を跳ね返してきらめく、それはきっと、愚かなりにせめて少しでも善くあろうと、人間として足掻《あが》く心なのだろう。それをこそ、僕は尊いと思う。

関が僕を救ってくれた時にも、その輝きは傍に在ったように思う。そして今は、三重さんと子供の中にある心を信じる以外にはなかった。

子供は、ゆっくりと僕に向けて手を伸ばした。まだ少し小首を傾げて、それでも小さな手は中途で止まる。人を害するのではなく、何かを繋《つな》ごうとするための手付きだった。それからおずおずと、子供は母の顔を見上げる。まるで許可でも取ろうとするかのように。

「餓鬼は手前勝手に動くものだろうが。好きに遊ばせてやりゃいいものを」

どこか苦い声を上げた関が床を手で探り、眼鏡を拾って掛け直す。表情は僕からは良く見えなかった。三重さんは硬い顔のまま畳に膝を突く。そして僕の手が震えて揺れ、鈴がからころと綺麗《きれい》な音を立てる度にそれを覗《のぞ》き込もうとする、無邪気で幼い子供をじっと見ていた。

「……もういいわ」

疲れたようにゆるゆると三重さんは口を開いた。子供が再び振り返って母を向く。どこか力の抜けた顔で、三重さんは目を伏せ腰を下ろしていた。

「ごめんなさい。あなたにこんなことをさせるべきじゃなかった。ごめんなさい」

僕は土鈴を子供に手渡した。小さな手の中で、犬の形の御守りはからころと明るい音を立てた。まるで生きている幼子のように、彼女は何度も手を振り音を立てた。

「ごめんね、千恵《ちえ》」

僕らは初めてその子供の名を知った。知った瞬間には、子供は顔を笑顔のように歪《ゆが》めると、また雪が溶けるようにして宙に消えた。

土鈴はもう一度、からりと鳴って落ち、静まり返った座敷に残された。


『よし田』の蜜豆《みつまめ》は僕にはやや甘く、喉《のど》が渇くのが難であるが、まあ飽きない良い味である。関が気に入るのはわからないではない。

僕らはその後、事態が落ち着いてからもう一度店を訪ねていた。半分は謝罪である。状況を急速に混乱させたのは、僕らが引っ掻《か》き回したせいでもある。だが若夫婦はむしろ礼を言い、関は上手《うま》く言質《げんち》を取って、内情を大きく捻《ね》じ曲げることを条件に、今回の記事を書くことを承知させた。呆《あき》れた男だ。

その呆れた男は美味《うま》そうに、守り抜いた蜜豆を咀嚼《そしゃく》している。目当てがこれなのだから、記事の中では谷中の甘味処も合羽橋《かっぱばし》の金物屋だのに大化けを遂げるのかも知れない。

ここに来る前に、三重さんに会った。あの時の苦しそうな悪意に満ちた様子はどこかに消え、悟ったような表情が心に残った。当然ながら甘味処の夫妻とは絶交となったようで、それも淡々とした口調で教えてくれた。

店を出ようと思います、と彼女は言う。子と夫を次々に亡くし、姑《しゅうとめ》とも反りが悪かった。それでもあの場所に拘《こだわ》っていたのが良くなかったのだと語ってくれた。行く当てがあるのかはわからない。人を恨み呪った人は、人との縁を切る形でしか楽にはなれないのだろうかと、どこか悲しかった。ただ、彼女の目の下の隈《くま》は、少しだけ薄れていた。

「あの子のお墓には、また会いに来ます。酷いことをして済まなかったと、何度でも謝ります」

憎い思いがその顔の通り、全て溶けて失《う》せたのかはわからない。だが、少なくとも彼女はそう僕らに告げてくれた。そればかりは救いだ。

物思いから甘味処の店内へと心を戻した僕は、手の中の土鈴を鳴らす。三重さんが返してくれた物だ。あの千恵ちゃんがそうしてくれと言っていた——ような気がする、のだそうだ。関ももう僕の物だと言ってくれたが、あれは多分、幽霊が触れた物にはあえて触りたくないのだろう。

「これは何の御守りなんだ」

「これか。犬だから安産祈願だな」

関は茶を一口飲むと、さらりと答える。なるほど、犬はお産が軽いと聞く。僕などには――。

「それは僕にも今回の件にも何も関係はないのじゃないか」

「最初に引っ摑《つか》んだのがそれだったんだよ。まあ、赤子絡みだから悪いこともあるまいと。持っていろよ」

「使う当てはないがなあ」

塩といい、彼は常に御守りを幾つも持ち歩いているのだろうか。信二と言いながら信心深い人間には見えないが。少し垂れ目の優しい顔をした犬は、どうぞ宜《よろ》しくとでも言いそうな顔で僕を見上げていた。

「名作をどんどん産め、とそういう願掛けにしておけ」

この男は常に好《い》い加減なことを言う。だが、そんな関に僕はひとつだけ聞きたいことがあった。今回の彼がどうも私情で動いていたように思える件についてだ。

「関。君は谷中にちょくちょく来ると言っていたっけ」

「うん？　ああ、まあな。それほど家から遠くもなし」

「霊園か」

谷中は古い街で、寺と広い墓地がある。トシさんと三重さんの子供はその墓地に葬られた。関信二も、あの震災でまだ若い妻を亡くしている。

僕はひとつだけ、余計な詮索《せんさく》をした。

彼はごくりと蜜豆を飲み込むと、軽く笑って答えなかった。だから、僕の勝手な想像が正しいのか否かは不明のままだ。

例えば、月命日にでも妻の墓を訪ねる男が居るとする。彼は帰りに、気に入りの甘味処で決まって蜜豆を食べてはしばし思い出に浸る。ある日、彼の元に一通の投書が持ち込まれる。その文面には馴染《なじ》みの甘味処の名と店にまつわる怪談が記されていて――。

関信二は蜜豆を守ると言った。その言葉に嘘はなかろう。彼はいつでも自分本位に打算で動く。ただ、その裏に何らかの感傷が隠されていないとは言えない。

関は僕のそんな憶測を誤魔化すように、小さくひとつ咳払《せきばら》いをして、そしてまた別の話を語り始めた。

「……愚者の金の餓鬼な」

「親のためにやっていたという話か」

「結局からくりがバレて怒鳴り込まれて、親は平謝り、子は土地で立場をなくして、その後別の町に引っ越していったんだったよ。俺はそいつの石探しに付き合わされて、いい迷惑だったから清々した」

馬鹿だなあ餓鬼は、親の都合になんぞ振り回されて、要らんことをして。何も清々はしていない顔で、ぽつりと関は呟《つぶや》く。彼が稀《まれ》に語る過去は、いつもどこか別れの苦い色に満ちている。

「だからまあ、今回はあれで少し溜飲《りゅういん》が下がったさ。大久保先生の名演説で無事解決ということだな」

僕は変にむず痒《がゆ》い気持ちになりながら顔を顰《しか》める。その瞬間だ。

僕は自分の座布団の横にいつの間にか五、六歳ほどの男の子供が立っていることに気づいた。丸い目をした、あどけない顔の子だった。ただ脚が一本、妙な方に折れていて、実に歩きづらそうな格好であった。どう見ても、尋常の子供とは思えない。僕は喉が震えて妙な声を上げる。ついでにまた土鈴が畳の上に落ちてころころと澄んだ音を立てた。

子供は、僕らに向けゆっくりと頭を下げる。そうしてから玩具《おもちゃ》のように転がる土鈴が気になったのか目で追い、ほんの少し手を伸ばしたように見えた瞬間、雪が溶けるようにして消えてしまった。

トシさんの死んだ子供は男の子だった。そして僕は、僕が幽霊の危害に気づいた時、何かが腕を突《つつ》いた感触があったことを思い出していた。

彼は、母に乞《こ》われた千恵ちゃんに比べれば力弱かったかも知れない。だが、確かに自分の意志で妹を守ったのだと、遅まきながら僕はそのことを知った。

「今のは……」

弱々しい声を上げる。周囲の客が妙な目をこちらに向けるので、小さくなって会釈をした。

「居たんだな、こっちの小僧も」

関が片眉《まゆ》を上げた。僕はただ一度だけ現れたという自分の兄を思い出す。そういう幽霊も、間違いなく居るのだと。僕の賭《か》けは、珍しく勝利に終わるようだった。


「やっぱり叔父《おじ》さんの話は怖くないから、文章で読みたい」

一週間ほどの後。姪《めい》の翠は制服姿で姉からの差し入れを持って来ると、僕の家で話をせがんだ末、そのような感想をこぼした。順番というものがあるから、またいずれ、と僕は返す。僕は今別の、大事な話を書くのに忙しい。雨の日に現れる、ひとりの婦人の美しい幽霊の物語だ。

「それに、この話は文章に書く時は怖い話にはしないと思うよ」

「そうなの？　ずっと怪奇物を続けるのかと思っていた」

「怪奇物だって怖いだけとは限らないだろう」

そうかしら。姪は布で覆われた姿見と、その手前に転がる小さな御守りを見る。犬の垂れた優しい瞳《ひとみ》は、僕の小説の安産を祈ってくれているようにも見えた。

「でも、そうね。優しい話も好き」

僕の兄の霊は恐らくもうこの家には居ないのだろうが——ただ願う。

心優しき彼らに、賽《さい》の河原の罰のどうぞ軽からんことを。

「翠ちゃん、妙なことを聞くが、姉さんは幸せにしているかい」

続けて僕が問うと、本当に変なことね、と姪は姉譲りのきりりとした眉を顰《ひそ》めた。幸福というものは、その光の下、まさに今恩恵に与《あずか》る人間にはなかなか見えにくい物であるのかも知れない。

「この間も会ったのに。勝治がふざけて障子を破らなければ幸せなのじゃないかな」

「猫と子供は障子を破るものだから、それは仕方がないね」

「私はそんなには破らなかったと思う」

「昔のあの風通しの良い家は覚え間違いかな」

破らなかったけどなあ、と首を傾げる姪を横目に、僕は軽く笑って万年筆を取った。

眩《まぶ》しい明かりは目を焼くが、それでも心中の欠片《かけら》は光を受けてきらめく。愚者の金と言われようとも、僕はそれを集めたいのだと、ただそればかりを思った。

弐話　きえない音楽

大学時代、僕が関の口車に乗せられ、学内の新聞部で幾らか書き物をしていた頃のことだ。

関信二という男は実に好《い》い加減な人間であったが、こと記事だの文章だのに関してはそれなりのやる気を見せていた。一度、僕の随筆に筆者の署名が欠けていたことがある。その時は特に僕に謝るということはしなかったが、全体の会で厳しくその件について指摘をした。僕は大久保が大久保がと名前を連呼されるのに恥じらい頭《こうべ》を垂れながらも、彼の意外にも書き手の権利を重視し守ろうとする、そういう珍しい善の側面を見たように思ったものだ。それはそれとして、その厳密な側面が、何故記事を大仰に創作物の如く自由気ままに書き記すという悪徳と並行して存在していられるのか、僕は首を捻《ひね》らざるを得なかった。

「君は文芸をやるつもりはないのかい」

当時の僕は、そんなことを尋ねた。皮肉交じりであったかもしれない。関はその頃学内の陸上選手に取材を行ったのだが、あまりに奔放に文を記したために苦情を受けていた。挙句、屈強な学生数人に構内を追い回される羽目になる。僕は彼に巻き込まれ、共に外に逃げ出してどこかの店でほとぼりを冷まそうとしていた。窓が大きな店であったと、そればかりは覚えている。

「俺は芸術家という肌じゃないさ。そういう繊細で根暗なのは君に任せる」

「それじゃあ記者になるつもりか。一年から熱心だったからな」

「あれも、郷里《くに》の先輩に誘われただけだからなあ」

僕は少々意外に思う。人を引っ張り込むほどに熱中していた活動だ。家を継ぐという話もないようであるし、てっきり将来も決めているのかとそう考えていた。

「何だ、随分向いていると思っていたのに」

これも皮肉であったかも知れない。それはそれとして、少なくともその好い加減な吹かし癖をどうにかしろと続けたように記憶している。関は、眼鏡の奥の細い目をさらに細めた。

「それも良《い》いかも知れないなあ」

関信二はやがて、帝都読報社という三流新聞社に勤めた。爾来《じらい》、僕に対しては、君の所為《せい》で俺はこんな因果な仕事をしているのだぞ大久保、という態度を崩さない。関の好い加減さの故に生まれたそのような因果が僕に巡り来るのは、どうにも解《げ》せない。

だが、気が付くとそのような記憶も、どこか温かく色の和らいだ思い出へと変わってしまったように思う。あの頃の風景はもう少しばかり、硝子《ガラス》の欠片が光を弾《はじ》くような輝きに満ちていたと、そう思うのだが。

「いや、凄《すご》いな。新聞の方に取材して貰《もら》えるなんて」

赤坂《あかさか》の隅には一年ばかり前からフジモト・ホールという名の小さく新しいダンスホールがある。六月の小雨が降る晩の今も扉越しに微《かす》かに、楽団の華やかな演奏と歌が僕の耳に聞こえていた。ここは演奏が行われている広間からは奥に入った、そう広くもない、窓のない控えの部屋の中だ。簡素な椅子に掛けた僕と関の目の前には机があり、その向こうにはやはり椅子に腰掛けた青年が居た。胡散臭《うさんくさ》い記者と、その横でずっと落ち着かない様子でいる僕を前に、実に屈託のない笑みを浮かべている。机の上には頑丈な黒い箱が置かれ、中には磨かれたアルト・サキソフォンが入っているのだと青年自身が教えてくれた。

「藤本《ふじもと》さんに呼ばれた時は何かと思いましたが。ああ、ただ俺もすぐ行かないとならないのですよ。直に俺らの演奏の時間なので」

言葉の端々に九州の方の訛《なま》りを感じる、やや髪の長い優男の青年は、少々大仰な手振りをした。全身余すところなく自信に溢《あふ》れた様子の若者、というのが第一の印象であった。名を浦川宗一《うらかわそういち》君と言うらしい。

彼が東京市内の良い大学に通う傍ら、音楽にうつつを抜かして学内の楽団にのめり込んでいたという話を、僕らはこのホールの支配人である藤本氏から先に聞いていた。僕らの学生時代にもこの手の若者は大勢居たし、いずれ夢を捨て地に足の着いた仕事を始める者、そのまま学業を疎《おろそ》かにし身を持ち崩してしまう者と様々だった。何となれば、僕と関とて方向は違えどもこの手の若者に近いところにいたように思う。

「まあ、一言二言貰えればいいですよ」

関は使い古した手帳を開く。そうして相手にじろじろと遠慮のない目をやるので、横で硬くなっていた僕は少々居た堪《たま》れない思いをした。

「それなら。何でしょう。ここのホールとの縁だとか、楽団の宣伝だとか？　ああ、それならレコードの話をしないといけませんね」

「いや、今回は残念ながらそちらの取材とはちと違うんだ。このダンスホールに出るという幽霊の話ですよ」

浦川君は何を言われたのか見当がつかぬといった顔で、目を丸くした。

「レコードは……」

「またいずれね。こちらが藤本氏に聞いたのは、死んだはずの人間がホールの控え室やら廊下やらをうろついていると、そういう話です」

浦川君は静かに口を開く。

「来週、俺らの演奏を録音するのですよ。小さいところですが、レコード会社が声を掛けてくれて。皆学校を出てからはなかなか楽器も続けられないでしょうし、良い機会だと」

そう淀《よど》みなく語る様は、先の関の言葉を少しも聞いてすらいないかのようだった。僕は軽く身じろぎをして、椅子の上でそわそわと座り方を変える。関は僕にも浦川君にもお構いなしにさらに続けた。

「その幽霊、表のホールには姿を現さんようですが、何やら演奏中やら閉店後やらに聞こえるはずのない楽器の音が聞こえるとか。そいつはサキソフォンの奏者でね。居なくなったはずなのに、音だけがする。合奏だから聴いている方としちゃなかなか気づくものでもないが、仲間内には確かにわかる、ということだ」

関、と僕は小声で彼を呼んだ。浦川君の様子は変わらず、明朗な発声で喋《しゃべ》り続けている。管楽器の奏者であるから、肺活量も良いのだろう。ただ、机上の黒い箱に手を載せ、指をとん、とんと軽く動かしている。アルト・サキソフォンの入った箱に。

「正味な話、俺らにはまだ早いという意見もありました。何と言っても全員腕が未熟だ。だが、だからこそ残しておきたかったのですね。どう言えばいいか、ええと——」

「浦川君。聞きたいんだが、頭は痛かないですか」

関がずばりと踏み込んだ。僕は椅子を軽く後ろにずらす。正直に言おう。この会話の頭から、僕はずっと逃げ出したくてたまらなかった。話を持ち掛ける方も持ち掛ける方だし、受ける関も関だとずっとそればかり考えていた。

「頭？　いいえ、特別……」

浦川君がようやくこちらの言葉に気を向けた様子で、自分の額に軽く手をやった。

「そんな風に鉢が割れちまって、見てる分には痛そうで堪らんのですがね」

べちゃり、と額に触れた手が赤い色に染まった。当然だ。彼の顔は最前から、雨のような血潮にしとどに濡《ぬ》れていたのだから。額の上方のぱっくりと大きく割れた傷口から、血は後から後から流れ出てくる。とても笑顔で会話のできる様ではない。だが、浦川君は飽くまでにこやかな顔のままでいた。

「なあ、浦川君。あんたはもうとっくに——」

関が止《とど》めを刺そうと低い声を出したその刹那《せつな》であった。目の前の青年とサキソフォンの箱は霧のようにふいと掻《か》き消えた。一瞬の出来事だった。

「ああ、やっぱり駄目だな、これは」

関が口惜《くちお》しそうな顔で立ち上がり、肩を竦《すく》める。部屋の中に居るのはもはや僕と関信二の二人のみだった。

「全体、親しい奴らだって出来やしなかったんだ、知りもしない俺らに拝み屋紛いのことをしろと言うのが難題だ。なあ大久保」

僕は椅子の上で、茹《ゆ》でられた青菜のようにぐにゃりと萎《しお》れていた。動く気力もなかった。何だ、今回のO氏は悲鳴も尽き果て精神の快復に一週間掛かったことにでもするか、と関は飽くまで辛辣《しんらつ》だ。彼が何故このような場においても図太く振舞えるのか、僕には謎でしかない。だから僕は精一杯の声を振り絞り言い返してやった。

「難題どころの話かい。無理に決まっている。そもそも危険に過ぎるだろう……」

そう、このような話を持ち掛ける方の神経も、それを安請け合いして堂々としている関の図太さも、何一つ僕にはわからなかった。

「幽霊を話し合いで成仏させてくれ、なんて話、取材の分を超えているぞ」

浦川宗一君は先月の末に酔って下宿の階段から足を滑らせ、頭を割って既に死んでいる。遺品のアルト・サキソフォンは遠く佐賀の彼の実家に持ち帰られた。にもかかわらず、彼は自分の楽器を抱え、死んだ場所でも何でもないこのフジモト・ホールに現れるのだ。毎週水曜日、彼らの楽団が短いながらも演奏を頼まれるその時間の近辺に、だ。

「俺もそれはそう思うんだがな、騙《だま》し討ちで半分言いくるめられたようなものだ」

関は渋面を作る。美味《うま》いネタがあるんですよ、と誘われればこの男はすぐについて行くし、僕もついて行かざるを得ない。そこへ当日突然、お願いしますよ先生、と来た。巻き込まれた僕はこの件が即時打ち止めになってくれることを祈りながら、共に顔を歪《ゆが》めた。

勿論《もちろん》、残念ながらそうはならなかった。この話を僕が語っているということは、そういうことなのだ。

部屋を出ると、ばたばたと五、六人ばかりの人間が扉に向け殺到してきた。ひとりは支配人の藤本氏で、残りは皆若い。二十そこそこの青年達だった。

「どうでした」

「どうにかなりましたか」

「浦川は何か言っていましたか」

顔を合わせるのは初めてだが、学生楽団の人員なのだとはすぐに見当がつく。誰もかれも沈鬱《ちんうつ》で不安げな顔をしていたが、藤本氏は特に焦った様子で居るようだった。関は言う。

「藤本さん、先程も言った通り、無理ですよ。あれは――」

「ううん」

四十ばかりのやや恰幅《かっぷく》の良い、上等な黒い夜会服を着た藤本氏は実に困り果てた顔で頭を掻く。今回、ホールに居着くようになった幽霊の浦川君をどうにかして貰《もら》えないか、と関に頼み込んできたのはこの男性であるらしい。何でも、帝都読報文化部所属の記者として開店の際に提灯《ちょうちん》記事を書いた縁があったのだとか。怪異が起きるようになってから僕らの怪談記事のことを思い出し、そうして関曰《いわ》く僕らを『騙し討ちで』幽霊との対話に持ち込ませた。

「何とかねえ、穏便に出て行って貰う訳にはいきませんでしょうかね」

言葉には関西の訛りがある。西で禁じられたダンスホールを、それならば東は帝都で、と移ってきた野心家らしい。野心家のわりには小心者らしく、ハンケチで額の汗を拭《ぬぐ》っていた。

「お祓《はら》いでもして貰って下さいよ」

関はにべもない様だ。僕はぼんやりと後ろに立って、状況を眺めていた。

「そうは言っても、なかなか……不憫《ふびん》ではないですか」

おや、と思った。どうも小心者なばかりではなく、人情家でもあるらしい。ホールでは若い音楽家を積極的に使っていると聞いたが、それは何も慣れぬ地での経費節減のためばかりではないのかも知れない。

「人に危害は加えないんです」

「ただ、死んでいることに気が付いていないようで」

「そこ以外は生きている時のままなんですよ」

若い奏者達が口々にそう言う。お願いです、浦川をどうにか旅立たせてやってください、と。廊下の先にあるホールの方ではわっと拍手と笑い声が上がった。

「そろそろ交代だ、行かないと」

楽団員たちは緊張した面持ちで顔を見合わせる。もうじき彼らの演奏の番だ、と先程浦川君も語っていたはずだ。藤本氏も困り顔のまま、演奏の方もどうか見て行って下さいませんか、と僕らに向けて頭を下げた。

「……聞こえない筈《はず》の音がするのでしたっけ」

僕は自分の肩を抱くようにする。藤本氏は、何だか知らない怖がりの大きな男が記者にくっついて現れたことには未《いま》だに慣れていないようであったが、精々愛想良く答えてくれた。

「演奏に混じってね。それ以外に怪奇な現象は起きません。ただ、事情を知っている我々だけが何と言うか、居た堪れないと言いますか……」

実際に聴いて頂くのが早いでしょう。藤本氏はホールへの入り口を指す。

「まあ、ネタとしては良いですがね。とにかく、除霊だのは無理ですよ。無理。専門の人間に頼むか、ご自分で拝み倒して下さい」

関は鞄《かばん》を持ち直すと、大久保、行くぞ、と弟子でも呼ぶような言い方で僕を招いた。

「気が進まない」

「君の気が進む時を俺は見たことがない。待っていたら俺らが幽霊になってしまうぞ。ロハで最新流行の音楽を聴けるとでも思って来たまえよ」

と言って幽霊の奏でる楽曲などと言うのは如何《いか》にもぞっとしない。僕は憂鬱《ゆううつ》な気分を拭えぬまま、ずるずると絢爛《けんらん》たる舞踏の間へと歩を進めることとなった。

小さいホールとは言え、さすがに中は盛況で、音楽の止まった広間には何十もの人間のさんざめく声が響いていた。美麗に着飾ったダンサー達は踊っていた相手に微笑みを残して別れ、椅子の観覧席では皆口々に何やら社交の会話を繰り広げている。天井を見上げれば贅沢《ぜいたく》に並べられた電球の明かりが眩《まぶ》しく、辺りを見回せば鉢植えの木だの花だの、如何にも明るく華麗に飾り立てている。磨かれた床を歩いて女と擦れ違えば化粧の匂い。踊り疲れた男は汗を拭《ふ》きながらまた次の曲を待っている。

「こういう場は、あまり性《しょう》に合わない」

用意された一番後ろの椅子にそそくさと掛けると、僕はぼそりとそう呟《つぶや》いた。

「だから、君が気に入る場というのを俺は全く知らんぞ。あの部屋数が勿体《もったい》ない家と行きつけのバーくらいか」

関もどかりと遠慮なしに僕の隣に座る。少々行儀悪く足を組んで、手を大きく広げた。

「引き籠《こ》もって書ける話なぞ高が知れているだろうよ。取材をしろ、取材を」

「好きな場所くらい、他にもあるさ。ただ、こういう……明るい人の多い、社交の場でございます、というようなところはどうも駄目だよ」

電気の光は目を刺すようで、何だか真夏の太陽の下に居るような気にすらなった。

「当ててやろう」

関が片眉《まゆ》を軽く上げる。

「君はここじゃ酒が飲めないからそんな愚痴を言うんだな」

そこらを歩いていた給仕を呼び、関は水を頼むとぐいと飲み干す。ここは飽くまで楽しき踊りの場であり、不埒《ふらち》に酔い騒ぐ輩《やから》には用がない、よって酒精の類《たぐい》はご法度、ということであるらしかった。僕の不機嫌の理由のひとつがそこにあることは、まあ、否定はしない。全てではないとだけは言わせて頂きたい。

「それだけな訳がない。何でまたこんな……」

僕は言葉を濁した。幽霊の音楽など、だとか言うのはまだ外ではどうかご勘弁を、と藤本氏からは念を押されていた。まあ、それもそうだろう。そんな話が評判になってしまえば、客足が遠のくだろうことは想像に難くない。そこまで考え、ふと気に掛かる点に思い当たった。

「……前の甘味処もそうだが、記事にすれば結局客は減るのじゃないのか？」

谷中の甘味処の話はどうにか全く違う店の物語として捏造《ねつぞう》が完成していたが、今回は事情が違う。東京市内にダンスホールなどそう数があるものではなく、幽霊は音楽家だ。これを豆腐屋とそこの見習い職人などと変えては、幾ら何でも話違いに過ぎる。それはむしろ作家たる僕の領分だ。

「いや、記事はきちんと名を出して構わんと言われたよ。ただな、美談にしろと」

関は鉛筆を煙草か何かのように指で挟み、ふらふらと揺らす。さすがに少し声は落としていた。

「支配人、どうせならば今回の件を利用して名を売ってやれと考えているんだな。どうせ外れれば西に帰るつもりか何かで、博打《ばくち》に出たんだ。ちょっと泣ける良い話にして客寄せを図ってるという寸法さ」

客寄せになるだろうか。僕は幽霊の出る店とわかって足を向ける気にはあまりならない。

「野次馬が集まって、中で幾らか常連が増えればしめたもの、というわけだな」

関は、右手の演奏席で軽く音合わせを始めた学生達の様子を見ながら肩を竦《すく》める。嫌なものだ、という単純な気持ちで僕は視線をそちらにやった。そう悪い人間にも見えなかった藤本氏の印象は、再び品の無い実業家へと緩やかに落下する。

やがて、ムーンシャイン・ジャズ・バンドと紹介された学生らの音が始まった。中央にはまだ若い女の歌手が居て、少し前に流行した曲を明るい声音で歌い始める。僕はその音に少しばかり虚を突かれ、瞬きをする。そこから先は、ずっと膝《ひざ》に肘《ひじ》をついて縮こまった体勢で、賑《にぎ》やかに踊り始めた周囲を見ていた。シャンデリアの下で揺れる着物の袖《そで》やらスカートの裾《すそ》やらはいかにも花のように華美で、引き込まれるものはある。人とあれほどまでに接近して踊るというのは御免だが、離れたところから踊りを見るのは、案外と嫌いではないのかも知れないな、と新たな知見を得た。

「……なあ、大久保」

横の関はなんだか半端に不審げな顔をしている。そうして、僕に小声で耳打ちをした。

「下手だな」

僕はあまりに直截《ちょくせつ》な感想に思わず咳《せ》き込みそうになり、周囲の目を気にして梟《ふくろう》のごとくきょろきょろと怪しい動作を行う羽目になった。この男は全く歯に衣《きぬ》を着せるつもりがない。

「そう切って捨てるものでもないだろう、学生なんだから」

「君もどうせそんなことを考えていたんだろうに。顔に出ていた」

確かにその通りではあるのだが——と、僕は改めてジャズの演奏に耳を傾ける。第一に、楽器によって拍子が少々ずれているように思えた。全体を纏《まと》めるべき打楽器《ドラム》がどうも怪しい。拍がふらふらとしている。第二に、全体的に何とも一本調子だ。抑揚が足りない。先程遠くから聴いていた専門の楽団と比べるのは酷かも知れないが、どうも覚束《おぼつか》ない、と言うのが正直な感想だった。ついでに、看板たる歌手の彼女は、演奏の粗を隠すには声量にやや難がある。張り上げようとしたところで声が掠《かす》れてしまっている。浦川君は未熟と自覚をしていたようだが、確かにあまり巧《うま》い音楽であるとは言い難かった。

「確かに、技巧派というわけではないが……」

あまり悪口を言いたい訳ではないが、渋々と頷《うなず》く。周囲の客にはクスクスと笑いをこぼしている者も居た。そういう、顔を顰《しか》めるというよりはどこか微笑ましさを残した拙《つたな》さ、という趣であった。

「だろう。まあ、頑張ってはいるがね。特に打楽器《ドラム》が酷いな」

「ああ、トランペットが音を外した」

僕が居た堪《たま》れず身を縮めると、関は意外な顔をした。

「何だ、全部喇叭《ラッパ》と呼ぶ口かと思ったら。意外に物を知っているな」

「物を知らずに文が書けるか。僕は音楽は嫌いではないよ」

普段から喫茶店に入り浸ったりするほどの趣味人ではないが、何もない夜などにラジオで雑音混じりの演奏をただ聴くのは悪くはない。

「文化的だ」

「文化部記者殿ほどではないさ」

まあそりゃあな、一流に劣るからと言って拗《す》ねるなよ、と関には皮肉も通じない。

踊る人々もどこか先ほどよりはやりにくそうに見える。雑談の声がざわざわと大きくなった、その時だった。

アルト・サキソフォンの伸びやかな音が、稲妻のように走った。

するとどうだろう。それまで土台を欠いた海辺の邸宅の如く覚束なかった楽曲が、みるみるうちに纏まり始めた。打楽器《ドラム》は調子を取り戻し、歌声は持ち上がるように凜《りん》と聞こえ出す。他が音を外すことがあっても、サキソフォンに導かれるようにそれほど目立つことはなかった。

僕と関は、演奏席を穴が開きそうなほどにじっと見つめた。懸命に次の曲を奏で出す楽団の中に、サキソフォンの奏者《せ》は居ない。楽器すらない。ただ音だけが在る。在って、全ての音色を導き、励まし、急かし、取り纏《まと》めて、ひとつの曲へと形を作り上げていた。

楽器ひとつで全体が劇的に巧くなった、という話ではない。他の楽器の調子は依然外れているし、前の楽団の方が数段丁寧に演奏をしていた。ただ、この素人《しろうと》の学生楽団にのみ放てる輝き、そういうものが確かに存在していると、僕には感じられた。その核であり、不可欠な部品がサキソフォンの音だった。

何だか急に良くなったみたいだ、と周囲の人々もざわついている様子だった。不審な音に気付いた風な人間はそれほど居ない。楽器の不調が直りでもしたのだろうと受け取ったようだ。

「呆《あき》れたな。あの学生、妙に自信満々でいけ好かんと思っていたが、胸を張るだけのことはあったわけだ」

　さしもの関も感服したように唸《うな》った。

「生きてりゃそれなりの演奏家になったかも知れんが、まあ、死んじまったら終わりだな」

　続けた言葉はいかにも関らしかったが。

「しかし、こうして化けて出てきているからには、何か心残りがあるのじゃないか」

　僕はようやくあの音を出していたのが幽霊であったことを思い出し、遅ればせながらぞっと肝を冷やしていた。

「そうなのかも知れんが、俺は何もわからん。君はどうだ」

　僕は幽霊の専門業者でも何でもないので、わかるはずもない。あの浦川君は見た目は恐ろしいところもあったが、こうして音を聴いているとどうも害のない存在であるようにも感じる。音だけで出てくれれば良いものを、とも思う。

　その晩においては結局、ムーンシャイン・ジャズ・バンドの演奏が終わった後は、浦川君の幽霊はどこにも姿を現すことはなかった。ただ、人の消えたホールに、微かにサキソフォンの音色ばかりが響いていた。

菱田《ひしだ》明彦《あきひこ》君は几帳面《きちょうめん》な手つきで原稿用紙を束ね、とんとんと軽く叩《たた》いて端を揃えた。フジモト・ホールでの夜の次の週のことだ。外は雨で、紙は少しだけ湿気ていた。僕の生活する部屋にあるのは文机《ふづくえ》と畳んだ布団と、後は酒瓶である。客が来れば文机の近くに呼ぶしかなく、彼の白い眼帯をした顔をつくづくと眺める羽目になった。

「大変良かったです。自分が体験した話が元と思うと、なかなか不思議な気分ですけれども」

彼は僕が世話になっている小さな出版社、秋風社《しゅうふうしゃ》の編集者である。楽団の若者達に交じってもわからぬ程には若く幼い顔をしているが、大学を出てからはそれなりに経過しているはずだ。ちょうど僕は昨年、関や彼と古書店で酷《ひど》い目に遭いかけた時の話を元に短編を記し、今確認を頼んでいたところだった。菱田君はこの件で危うく片方の目を失《な》くしかけ、取り戻したはいいものの少々光に弱くしてしまったのだ。

「前回の、あの女性の幽霊の話はとても好評ですし、大久保先生はもうすっかり怪奇小説家ですね」

「それで評判が固まってしまうのも困るな……」

怪奇小説は怪奇小説であるし、大久保純は大久保純である。僕自身と作品は別物で、出来る限りは切り離したい。名を遺《のこ》したいという気持ちこそあるが、出来ることならば僕自身のことは添え書きの署名程度に扱って貰《もら》えるくらいがいい。

「まあ、持ち味と考えて下さいよ。先生の方から持ち込みをされるのは珍しいと思いましたが、すぐに受けた甲斐《かい》がありました」

菱田君の言葉に、僕はこれは感触がいいぞと判断し、古く黒ずんだ文机の周りの紙屑《かみくず》を屑籠《くずかご》に放り込む。文筆の仕事は僕に懊悩《おうのう》と収入とをもたらす。好きで選んだ生業《なりわい》ではあるが、原稿それそのものは終わってくれるに越したことはない。執筆というのは実に孤独な作業だ。

「ああ、二、三気になる箇所がありましたから、後ほど赤を入れさせて頂きます」

菱田君の二、三は二十、三十の意味であるので、どうも僕の筆にはまだ休息は訪れないようであった。

「今日は取材の方があるから、直しはもう少しかかるよ」

「また幽霊ですか、妖怪《ようかい》ですか」

幽霊と面と向かって話したことを語ると、菱田君はいかにも面白そうに肩を抱いて怖がった。

「風情があるのかないのか、よくわからない幽霊だ」

僕は控え室での浦川君の雄弁さを思い出しながら、つくづくと思う。

「幽霊というものは、もっとこう、消え入りそうに恨めしく出るものなのではないかと昔は思っていたんだが……。まあ、当たり前の若者なんだな」

「見た目は恐ろしいようですが、そう考えると生きている人間と死んだ幽霊の違いというのは何でしょうね」

菱田君は首を傾げる。僕は何だか小さな電気の花火に打たれたような気持ちになって眉《まゆ》を軽く動かした。

「頭を割ってしまってはすぐにわかりますが、例えば心臓の病気で倒れたような人間がそんな風な形で化けて出たら、本当にわからないのじゃないかなあ。先生の前回のお話もまさにそういう幽霊の件でしたしね」

「そうだね、わからないものは本当にわからない……」

僕は少々物思いに耽《ふけ》り、覚めるために首を横に振った。今、外はしとしとと長い雨模様であったが、いつかの八月の夕立の空とは違っていた。生きた人間と、死んだ幽霊との違い、か。関は塩やら御守りやらを持ち歩いていたことといい、妙に怪異について詳しいところがあるから、何かその件についても知見があるのだろうか。後で聞いてみようか、と僕は考えた。

「因《ちな》みに、あのご婦人の話はどこからどこまでが真実《ほんとう》なんですか。随分と思い入れがありそうな書き振りだったように思いますが」

僕は軽く笑って答えなかった。

見た目ではわからないことはあるが、違うものは違うさ、というのが、僕の質問に対する関の簡単な返答だった。

「いや、俺も別段何か体系的に知っているわけじゃないがな。実感として、違うんだな、奴らは」

赤坂の町は坂が多い。傘を持って喋《しゃべ》りながら歩くのは少し面倒だった。黄昏《たそがれ》時の坂道からは四谷のあの恐怖の坂が思い出され、前から人が来るのを見る度に安堵《あんど》する。

「君はそんな実感をするほど幽霊ばかり見ているのか」

あまりに知ったような口調で言うので、ついそんなことを尋ねてしまった。

「死んだ家内に五年ばかり付き纏《まと》われていた身にもなれよ」

関は冗談めかして言うが、僕は笑わなかった。この話題に限っては、僕は厳粛な気持ちでいることにしている。彼は傘を軽く持ち直すと、早足でフジモト・ホール目指し歩き出す。僕の傘越しの不自由な視界に、着物姿の婦人が遠く映る。ハッと顔を上げるが、それは僕が雨の日に一時交流をした縞《しま》の着物の婦人でも、勿論《もちろん》関が長く心を残していた胡桃《くるみ》色の羽織の芳枝《よしえ》さんでもなく、雨の日に爽《さわ》やかな浅黄色の袖《そで》をからげ、着物を濡《ぬ》らさぬよう駅へと一心に歩く若い婦人であった。僕は急ぎ関の後を追った。

「何が違うんだ、人と幽霊というのは」

まだ聞くのか、という顔で彼は答える。

「まあ、君が何か俺をやたらに恨みに思ったとする。といって、生きていれば腹も減るし仕事もある。人とも会えば、他に道楽もあるだろう。君なら拗《す》ねて酒を飲むだろうな」

そんなことはない、と言い返すのは少々憚《はばか》られた。僕は激烈に他人を恨んだことこそないが、そんな事態に陥った時に拗ねて飲酒しない自信はまるでなかった。

「そうそう一人を偏執的に思い続けるというのは出来るものじゃない。恨みも多少は目減りしたり、或《ある》いは勘違いだったと気付いて取り止めたり、そういうのが生きた人間というものだろう」

ところが死んだ者はそこが違う、ということらしい。

「恨むなら恨む、寂しいなら寂しいで、それだけに拘《こだわ》る……という印象だ。こないだの谷中の餓鬼も、親に言われてやっと消えたろう」

「一番の心残りということか」

「そうかもな」

君なぞは飲酒のためだけに化けて出そうだ、と僕を馬鹿にすると、関は傘を畳み、丁度たどり着いたフジモト・ホールの二階建ての建物の中に足を踏み入れて行った。ホールは今日も賑《にぎ》やかで、若い紳士の二人連れが、僕を追い越して楽し気に扉を開ける。

関の説が正しいのか否か、僕には判別がつかない。ただ、火事の炎の中ではたはたと揺れる芳枝さんの胡桃色の袖のことを思い出す。

火に巻かれて亡くなった彼女が最期に何より気にしていたことは、夫の無事、ただそれだけであったのかも知れない。何ともやり切れない気持ちになり、僕は電気の明かりの中へと急いで飛び込んだ。

　それでは、あの浦川君の心残りとは、一体何だったのだろうか。

「それは、やはり音楽のことだったのじゃないかと思います」

　浦川君が現れるという時間はもう少々先になる。僕と関は学生楽団の他の人員と机を囲み、彼について聞き込みを続けていた。さほど広くもない部屋は、楽団と僕らふたりが収まるとかなり窮屈だったが、同時に一人分の空白がそこに確かに存在しているような、奇妙な気持ちだった。

　関によれば、泣ける美談をデッチ上げるにしてもまだ材料が足りない、のだそうだ。先週は藤本氏に話を聞いたが、支配人も浦川君個人の事情についてはそれほど知ることもなかった。よって、友人たちの出番ということだ。

「演奏を聴いたでしょう。仲間内で一等上手《うま》かったのが浦川です」

　打楽器《ドラム》担当の体格の良い青年が、少し誇らしげにそう言った。

「一番入れ込んでいましたね。卒業をして、地元に帰ってもどうにか趣味で楽団を続けられないかと言っていた」

　トランペット吹きは痩《や》せた若者で、しんみりと思い返すような口調だ。

「俺は、本当は出来れば東京に残りたいと聞いたなあ」

ピアノを弾いていた丸顔の青年は首を傾げる。

「まあ、内心はそうだったろうな」

「音楽一本でやっていきたかったよなあ」

「俺らは無理でも、浦川ならな」

他にも数名の学生が居て、菱田君よりもなお若い彼らは、口々に故人の思い出を語る。

「君たちは、恐ろしくはないのかな。あんな風に友人が化けて出て……」

彼らの表情にあるものは恐怖よりは懸念の方が強い。僕が気に掛かってそう切り出すと、楽団員たちは顔を見合わせる。

「それはまあ、怖いです。しかしあいつ、あんまり普段通りなので」

「本当に事故でしたからね。誰かを恨んだりする奴でもなし」

「演奏が出来ないことだけが未練なのじゃないかなあ」

話を聞くところによると、浦川君は腕前に違《たが》わぬ音楽馬鹿であったらしい。喫茶店に通い詰めてレコードを聴き、下宿では練習がかなわぬとて大学の敷地に暗くなるまで居座り、新しい楽譜が手に入ったと友人の家に駆け込んでくるような、そういう青年であったという。

「あいつ、あの血みどろのままで俺の肩を叩《たた》いて、もう少し落ち着いて拍子を刻めよ、と言うんですよ。生きている時にだって何度でも聞いたのに、もう少し言えなかったことだとかを言って欲しいよ」

打楽器《ドラム》担当がぼやくように言う。

「親御さんと音楽の件で少しやり合ったりはしていたみたいですが、勘当を受けてまで、という程ではなかったかと」

だからこそ、自由を謳歌《おうか》できる時間を精一杯楽しもうとしていたようだった、という。僕らの時代にも多く居た、或いはかつての僕ら自身の写し鏡のような青年。

「ふうむ」

関が眼鏡を押し上げる。

「芸術に人生を捧《ささ》げた若者の云々《うんぬん》、という方向か」

俺にはわからんな、という顔だ。

「大久保先生、どうだ。一流の文化人としては」

「心にもないことを言うなよ。僕としては、まあ、わかるような気もするが」

わかるような気もする、どころではなかった。僕は彼の心持ちが手に取るようにわかると、少なくともそう錯覚していた。

「録音の話ではないのかな。自分の音を残しておきたかった、と」

僕は文筆家の端くれであり、少なくとも文を記す以上草稿は残る。だが、音楽家は違う。音は常にその場の空気に溶けて消える。レコードに録音して残されるのはほんの一握りだ。その中でも時の波に洗われ、生き永らえる音はさらに限られるであろうが、形にして残しさえすれば可能性はある。音が残れば、僅《わず》かながら名も残るかも知れない。

残しさえすれば、だ。

「折角《せっかく》の機会に恵まれながら、録音に間に合わなかった。それが心残り、なのじゃないか」

楽団員数名が頷《うなず》いた。浦川君は初対面の際確かに、頻《しき》りにレコードの話をしていた。あれは何よりの証左であろう。

「なるほどね。しかしそれだけじゃどうも『売り』が足りんなあ」

「あの、そろそろ……」

関が鉛筆で後ろ頭を掻《か》いた時、ピアノ弾きがおずおずと声を発した。

「浦川君が出てくる頃合いです」

「ああ、もうそんな時間か」

関が壁掛けの時計を見る。意識した途端に針の音が大きく聞こえるように思えるのは不思議だ。

「よし、大久保。また幽霊に聞き取りだ。君も何か芸術家らしく向こうの気を引くような質疑を考えておけよ」

関はまたぞろ無茶ばかり言う。

「芸術家らしい質疑というのは何なんだ」

「俺は記者で、芸術家ではないから知らんよ。何か普段通り妙に繊細で厭世《えんせい》的なことを言って共鳴でもし合っていたまえ」

それは単純に僕の気質であって、一様に浦川君と共有の出来そうな思想とは思えない。潑溂《はつらつ》とした青春の盛りで命と希望とを失った彼と、年嵩《としかさ》の、どうにか世間の片隅で草臥《くたび》れながら命を繋《つな》いでいる僕とでは、まるで見えるところが違うであろう。むしろ浦川君からすれば、ただ生きているというだけで僕を恨んでも仕方がないところだ。僕は全く恨まれたくはないので、対話には尻込《しりご》みしか出来ない。

「あのな、関。僕は……」

そう言い返そうとした矢先、小さく入り口の戸を叩く音がする。楽団員のひとりが返事をして戸を開けると、外にはやや濃いめの化粧をした、桃色の洋装姿の若い女性が緊張したような面持ちで立っていた。きつくパーマネントを当てた頭には、衣装と同じ色の花の飾りをつけている。

「フサ子ちゃんか」

ぴんと張りつめていた室内に、和らぎ緩むような空気が漂う。華のある空気の彼女は、ほんの僅かに口の端を上げ、そうしてまた切実な表情に戻る。どこかで見た顔と思い不躾《ぶしつけ》に見つめていた僕は、彼らの様子を見てようやく思い出した。

先週の演奏会で、彼らと合わせて歌唱をしていた歌手の女性だ。

「ここのホールに雇われている子です。ここ一年ほど、一緒に演奏を」

三池《みいけ》フサ子と申します、と彼女は小さく辞儀をすると、まとめ役であるらしい打楽器《ドラム》担当に向き直った。

「そろそろ時間でしょう。浦川さんとお話しがしたいのだけど」

先週は会えなかったから、と彼女は何やら目を伏せる。

おや、と思った。わざわざあの血みどろの彼に会いに来る人間がいるとは。しかも、若く見目の良い女性だ。

「しかし、今週も記者さんがいらしてるからなあ」

「ほんの少しでいいの」

フサ子嬢は食い下がる。

「ああ、これからまた浦川君に取材がありますのでね」

関が無慈悲に言ってのけるので、僕は堪らずに口を挟んでしまった。

「少しばかりは構わないのじゃないか。僕らはそちらの用が終わってから話そう。まだ演奏まで少しあるのだし」

「君はまだいいかも知れんが、俺は仕事だぞ。最近どうもあまり良いネタが無い。困っているんだ」

「まあ、いいだろう」

椅子を立ち、宥《なだ》めるように関を外に出そうとすると、周りの若者たちもどやどやと立ち上がる。さしもの関も多人数に押されては敵《かな》わないから、渋々と出ていく羽目になった。

今は冷血とまでは言わないでおいてやるが、関は人情の機微に対して察しが悪い。切実な顔で死者に会いに来たフサ子さんの気持ちなど、汲《く》み取る気はあまりなさそうであったので、代わりに僕が動かねばならなかった。

若い男女がわざわざ面会を求めるのだ。そこには少なくとも、何らかの情の交わりがあったと見て疑いなかろう。

「ああ、浦川さん。良かった。また会えたのね」

事実、背中で聞いた彼女の声音は、震えるほど感極まったものであった。僕はチラリと一度振り向き、頭の割れた血みどろの幽霊を視界に入れてしまったのをなかったことにしながら、いそいそと廊下へと退出した。

「今のは」

「フサ子ちゃん、浦川とかなり親しくしていたんですよ」

僕とトランペット吹きが小声で語り合う。

「俺らがなかなか声を掛けられなかったところを、あいつはあれこれ歌い方に注文を付けたり……」

「あちらも歌い手として矜持《きょうじ》がありますから、言い合いをしたりしているうちに、かえって仲が良くなったようです」

行き場のない僕らは、廊下にどやどやと固まって、壁に寄り掛かったり床に腰を下ろしたりと行儀の悪い集まり方をしていた。中では何か会話が交わされているようであったが、細かいことは聞こえてこない。

「それは、いわゆる個人的に親しかったという？」

関が遠慮のない言葉を浴びせる。仮にそうであったとして、彼に果たして泣ける恋愛美談を執筆できるものかどうか、僕は甚だ謎に思った。

「まあ、演奏だの練習だの以外でも会っていたようではありましたね。フサ子ちゃんは気が強いから、あまり表に出すようではありませんでしたけど」

「実際どの程度の仲だったのかは僕らにもよくわかりません」

ただ、一度銀座《ぎんざ》で並んで歩いているのを見かけたことがあるな、とピアノ弾きが遠い目をした。

舞台用でない薄い化粧をして、モダンな細身の洋装のフサ子嬢と、一張羅の似合わぬ背広を着た優男の浦川君。何をしに街に出たのかはわからぬが、とても上機嫌の様子であった、と彼は言う。

「あんなに笑っているあの子を見たのは初めてです。浦川の前じゃ特にね」

大学に通い、道楽で音楽が出来るような身分の青年と、ホールの雇われ歌手。実際に恋仲に近い関係であったとしても、それはひと時の淡い夢のようなものであろう。いつかは必ず醒《さ》める。

しかし醒める前に、浦川君はあたら若い命を落としてしまった。そこが気に掛かり、僕はもう少しばかり踏み込んだ話をしてみた。

「彼が東京に残りたいとも言っていた、その理由は、そうすると」

「もしかすると、彼女のこともあったのかもしれません。話してくれないから、聞けませんが。照れてでもいるのかな」

若者の言葉を聞いて、関がふむ、と考え込むような顔をした。

「良かったのじゃないか、美談の取っ掛かりができたぞ」

僕が嫌味を言ってやる。ダンスホールに残る青春と恋のどうとか、そういう俗な記事を書くのには持って来いの題材だ。

「どうだろうな。それは……」

その時だった。室内から微《かす》かに漏れるフサ子嬢の声の調子が、少しばかり強くなった。何を言っているのかはわからぬが、何か責めるような語調が聞こえてくる。

「良い仲だったんじゃないのか」

関が眉《まゆ》を顰《ひそ》める。そして続けた。

「……いや、だからこそ、か?」

「どういう意味だ」

僕が問い返すと、さっき言ったろう、と関は出来の悪い生徒を見る教師の如き目をする。

「死んだ奴は一番の心残りに拘《こだわ》る。それ以外は二の次だ。女の方が好いた惚《ほ》れた恋しいの話をしても、それに生前と同じような反応を見せるかというと怪しいぞ」

僕らが浦川君に死の事実を突き付けようとしても、頑として受け取らなかったように、ということか。

「こちら側の人間が怒る程度で済めばいいが、もし向こうの逆鱗《げきりん》にでも触れれば何があるかわからん」

関は呟《つぶや》く。

「……て、あなたはいつもそう……！」

フサ子嬢の声は、震え、怒気を孕《はら》んでいた。様子がおかしい。

「……あの、あの。言っていいものかわからなかったのですが」

打楽器《ドラム》奏者が弱り顔で体格に合わぬ小さな声を出した。ふざけないで、と室内からはフサ子嬢の言葉が今やハッキリと聞こえている。浦川君の方は何か答えているようではあったが、聞き取れなかった。

「浦川が事故に遭った前の日、フサ子ちゃんと奴は演奏の後に二人きりで何か言い合いをしていて――」

一体何があったのか、かなりお互い険悪な様子であったという。

「痴話喧嘩《ちわげんか》か」

「それはわかりませんが……。浦川が亡くなった後は彼女、ずっと落ち込んでいましたから、もう平気かと思っていたんです」

だが、そこに男が幽霊として現れ、まるで平気な顔で喋《しゃべ》り出したとしたら。女の怒りの念が復活するということはあり得るのではないか。

「信じられないわ、恥を知りなさい」

彼女の声が一際高くなり、同時に大きく何かが叩《たた》きつけられるような大きな物音がした。僕と楽団員たちは顔を青くして目と目を見交わす。関の動きは迅速であった。彼は戸を蹴《け》り付けるように乱暴に押し開けた。残りの僕らは、その後を雪崩を打つようにどっと室内に駆け込む。フサ子嬢が僕らに背中を見せたまま、叫ぶような響きで怒りの声を上げた。

「あの曲のさわりは、きちんと歌い上げる方がいいに決まっているじゃないの。歌はこちらの領分なのだから、余計な口を利かないで！」

しん、と小さな沈黙の帳《とばり》が下りたようだった。床にはフサ子嬢が立ち上がりざまに倒したのであろう椅子が、どこか所在なげに転がっている。先の物音は、これか。

叫び終えたフサ子嬢が眉根《まゆね》に皺《しわ》を寄せたまま、くるりと振り向き、呆気《あっけ》に取られた僕らを見た。怪訝《けげん》な表情がそこにあり、何か自分が危険に晒《さら》されているとは欠片《かけら》も考えていない様子であった。

では、浦川君の方はどうか。相変わらず頭は割れ、だらだらと血液を顔から肩に流している恐ろしい姿ではあるが。

「そこを敢《あ》えて抑えるのが君の喉《のど》には向くと思うんだ。君はあまり声を張り上げると艶《つや》が無くなるだろう。やり過ぎないよう八分ばかりで落ち着かせて――」

彼は熱の入った声で続けてからようやく僕らに気付いた様子で、どうしました、と不思議そうに瞬きをする。流れる血潮は目に入らぬのかどうか、僕はどうにも気に掛かった。

「何だ、結局音楽馬鹿か、こいつら」

関が呆《あき》れ半分、安心半分といった声でぽつりと呟いた。


その後のフサ子嬢の話によれば、恋愛関係などとんでもない、ということであった。彼らは飽くまで演奏仲間で、特に男女の垣根を越え切磋琢磨《せっさたくま》する、言わば同志であったという。事故の前にあったという喧嘩も、結局のところはそれまで通りの、演出の方向の違いによるものであったらしい。

「おかしな誤解をされては大変困ります」

浦川君がまた姿を消した後、ツンと横を向く彼女は如何《いか》にも現代風の強い女で、まさにそのような大いなる誤解をしていた僕などは平謝りをする他なかった。つい半時間は前の話だ。

「何が美談の取っ掛かりだ」

ホールは盛況、演奏開始は普段の時刻よりも遅れたが、ムーンシャイン・ジャズ・バンドは本日も賑《にぎ》やかに拍子の不安定な音楽を奏でている。隣の椅子では、関が僕の言葉尻《じり》を捕まえて虐《いじ》めるのに精を出していた。

「僕の目が曇っていたと、さっきから何度も言っているだろうに」

とは言え、幽霊相手にそうとわかって演奏の打ち合わせをするような豪胆な人間がそう居るなどとは、いかに作家といえども人間の想像力には限界がある。

「女よりも芸術に熱を上げるような青春ね。藤本氏の求めるような美談になるかどうか」

関は演奏席を見やる。そこには無いはずのサキソフォンの音色が、ホール中に軽やかに響いていた。その音が鳴り響いた瞬間、楽団の響きは変わる。核は確かに浦川君のサキソフォンであったのかも知れないが、楽団員は確かに各々《おのおの》、自分の音に力を込めて鳴らしていた。音は生きていた。

「そうだな。彼らの友情の話でも入れ込んでやればいいのじゃないか」

フサ子嬢の声が、さわりの部分でぐっと落ち着いた。なるほど、下手に張り上げるよりもずっと良い。浦川君の耳は実に確かなようであった。怒りながらもそれを受け入れるフサ子嬢の器もだ。

彼女と浦川君の関係が、果たして真実志を同じくする仲間という限りのものであったのか。銀座で歩いていたというのが何かの用事か偶然であったのか。彼女が口を閉ざす以上、僕が何を考えても邪推でしかなかろう。

ただ、フサ子嬢がふと伏せた目の奥に、淡い想いが見え隠れする。それは、恋になりかけたところで無残に割れてしまった、透明な硝子《ガラス》の欠片の如き光を放っていたように思えた。

浦川君は姿を見せなかったが、音楽という心残りだけに存在を捧《ささ》げた彼が、親しかった婦人に見向きもせずに演奏に耽《ふけ》る様が、僕には目に浮かぶようだった。それは残酷なすれ違いでもあり――だからこそ、僕には徐々に彼の芸術に対する想いの丈の、筋道とでも言うべきものが見えてきたように思えた。彼が欲しかったものと、捨ててしまいたかったものとが。

とはいえ、全てを言葉にし、形を明らかにすればいいというものでもなかろう。関はこの手の機微に疎いから、僕だけが気付いた二人の繫《つな》がりについては、口を噤《つぐ》んでおこうと思う。

だから、記事にするのであれば、友情の話がいい。恐ろしい姿で現れた友人を、彼らはただ気に掛け、不可解な状況でも演奏を止めず、受け入れ見守っていた。

「死者との絆《きずな》やら、そういう話か。同情は君の得意分野だな」

「僕はどちらかと言えば……」

揺れるように踊る人々の色彩を見る。酒が入っていれば、この風景はより揺らぎ輝いて見えたのだろうが。僕は懐を手で押さえた。

「関」

「何だ」

「閉店後なら、ここで飲酒をしてもいいと思うか？」

何を言っているのか、という顔をされる。僕にはひとつやらねばならぬと考えていることがあり、それは酒の助けなくばなかなか厳しい難題となるはずのことであった。

「人が居なくなった後にも、浦川君は音だけで出るはずだ」

「君が挑戦心を起こすのは珍しいな。何かまた思い入れて自棄《やけ》になっちゃいないだろうな」

関はまたいつもの懸念を示す。思い入れているのは確かだが、別段捨て鉢になっている訳ではない、と言い返してやった。根拠はない。

「僕の、その……芸術家としての共感だ。怒らせるなよ」

僕の提案を、関はやんわりと受け入れる。こういう時ばかりは頼りになる男だとホッとしたものだが。

「俺はそろそろ疲労が限界だ。帰るぞ」

期待は肩透かしになる。

「何でそこで君が帰るんだ。僕が記事に付き合わされているんだぞ」

「何で俺が君の思い付きに同行しなけりゃいけないんだ。成仏云々《うんぬん》はもう知らん。記事だけ書くぞ、俺は」

この関信二という男、何という勝手な人間だと呆れるばかりであった。学生の時分からこういう男だ。僕を引き込むだけ引き込んでおいて、あとは知らぬと突き放す。それから僕は、何を期待していたのだと自分で自分に疑問を投げ掛けた。関の一人や二人居なくてもどうということはない。

ワア、と声が上がり、小さく拍手が起こる。万雷とは言えぬまでも、彼らに相応《ふさわ》しい、実に温かな響きであった。その音は、一人静かに意気込みを抱えていた僕の背中をも押してくれた。

人が去り、椅子が壁に寄せられたホールは、まさにがらんどうといった趣であった。当然音は良く響くように作ってあり、人の声のしない今は僕の下駄《げた》の足音がからりと響く。

そうして、そこに流れる軽やかなサキソフォンの音色もだ。

浦川君の姿は無く、演奏席には打楽器《ドラム》とピアノの他は楽器も置いていなかった。やはり音だけがそこにある。蓄音機もないのにレコードが掛けられているような、不可思議な現象であった。

僕はひとりでしばらく立ったまま、その音を聴いていた。彼が何より執着したはずの、彼の芸術を聴いていた。

「君は——」

友人たちの言うことには、彼にも色々と悩みがあったらしい。地元は遠く、いずれ学校は出ねばならない。家業を継ぐことも決まっていたそうで、そうすれば楽団は別れ別れだ。秘密の淡い想いもそのうちに数えてもいいのかも知れない。東京に残りたいという希望はあれども、現実として反抗は難しい。音楽の方でも常に自信満々という訳にはいかぬ。芸術の女神は実に気まぐれで、すぐに手元から逃げ去ってしまうものだ。僕は良く知っている。

「君は、ただの音になりたかったのじゃないかと、そう考えていたんだ」

曲の切れ目を見計らい、僕は語り掛ける。先ほどまでは全く尻込《しりご》みをしていたはずの件だ。今も恐怖はある。こっそりと飲んだ酒の勢いだけが僕を動かしていた。酔って幽霊に絡むとは酒飲みの風上にも置けぬとも思うが、酒飲みを風上に置いては匂いが酷《ひど》かろう。

「余計な物から全て切り離され、純粋な芸術そのものになりたかったと」

人格と、しがらみと、過去と、将来と、全てから自由になり、ただ表現するだけのもの、或《ある》いは表現そのものになりたかったのではないかと、僕はそう考えていた。

録音が可能であれば、その望みがある意味では叶《かな》ったはずなのだ。彼の音は彼自身から離れる。そうして、彼を知らぬ誰かの手元で、レコードが残る限りは聴かれ続ける。もしかすれば、微《かす》かに演奏者の名は残るかも知れない。

僕には、その気持ちがわかる。痛い程にだ。僕とて、ただの物語になりたいと思うことは良くある。僕自身は、そこに添えられた大久保純というただの文字でいい。そう思える程の物を書けたと感じる時は、ごく稀《まれ》とは言えある。先日の雨の日の婦人の話がそれだった。僕は、思い出と言葉とに耽溺《たんでき》しながら書いた。彼にも、きっとそのような瞬間があったはずだ。それがわかる。だから、どうにかこうして震えながらでも話が出来ないかと思い至った。

浦川宗一君は不幸にも死んだ。心を残して幽霊になろうとも、それは覆らない。だから、純粋なる音になろうとしたと僕は睨《にら》んだ。だが。

「それだけではないな、とも考えた。それだけならば、音が鳴るだけ鳴って終わりになるだろう。だが、君は控え室に姿を現した。仲間と音楽談義もした」

彼にとって芸術とは、ただがむしゃらに自己を表現するだけの物ではなかったのではないか、というのが僕の結論であった。それは、楽器演奏という彼の選んだ手法が理由でもあろう。

「君は、飽くまで仲間と一緒に音楽がやりたかった。違うかい」

だとすれば、それは僕にとっては非常に羨《うらや》ましいことだ。文芸とは、執筆とは他人と断絶され、一人寂しく行う作業であると、僕は常にそう感じているからだ。

しん、と静まり返ったホールは、次の瞬間またサキソフォンの伸びやかな音に満たされる。それが果たして僕の言葉の肯定であったのか、否定であったのか、どちらなのかはわからない。それでも、音は自由で、真摯《しんし》で、孤独であった。

僕は背後を向く。廊下への入り口の戸が開き、こそこそと青年たちが姿を現した。手に手に楽器を抱え、早足でやって来る。ピアノ奏者が僕の方を少し見て、それから演奏席の見えない浦川君に話しかけた。

「なあ、藤本さんに許可を貰《もら》ったんだ。今晩は浦川の気が済むまで演《や》っていいとさ」

トランペット吹きが続ける。

「付き合うよ。何なら明日の晩も来たって良い」

サキソフォンの音が、余韻を残して止まる。カッカッと軽い足音を立て、三池フサ子嬢が定位置に立った。

「私は声が嗄《か》れるまで歌うのは無理よ。でも、少し付き合うくらいならやってもいいわ」

わっ、と楽団は歓声を上げた。彼らはいそいそと楽器を取り出し、音合わせを始める。ホールの端では藤本氏が、仕方がなさそうな渋面でそれを見ていた。その脇には疲れただの不平を言っていたはずの関が居る。僕が演奏席から遠ざかるのと同時に、関は大股《おおまた》でこちらに近づいてきた。

「君はな、本当に妙な思い付きをする」

「帰ったのじゃなかったのか」

「楽団に声を掛けても、支配人に話を通さなけりゃ大問題だろうが。急いで交渉してやったぞ」

関は関なりに、帰る間際に僕の足りない社会性をどうにかせねばなるまいと、意を翻してくれたものらしい。彼はホールをじろりと睨む。

「これが君の考えた方法か」

「ああ。皆楽しそうだろう」

それはそうだが、こんなことで成仏だのするものかな、と関は首を捻《ひね》る。

「彼がどうなるかはわからないよ。ただ、好きにさせてやりたかったんだ」

出来得るならばもう少しばかり言葉を交わしたいと、今では現金にも考えていたが、まあ目の前でああも血を流されていては僕も怯《おび》えるばかりであるし、何より僕が千言を重ねたとて、仲間との一奏にはとても勝るまい。

「それも芸術家としての同情かい」

「どちらかと言えば、敬意かな」

わからんなあ、と関は肩を竦《すく》めた。

「一流に劣るからと言って拗《す》ねるなよ」

僕が彼の言葉尻《ことばじり》を拾ってやると、関は馬鹿野郎、と僕の肩を小突いた。

流行《はや》りの音楽が明るく流れ出す。歌声は朗らかに、普段の営業時間内の演奏に比べても、それは妙に力に満ちた響きであった。やがて終焉《しゅうえん》を迎えることが確かな、だからこその星の如き明るい輝きが、そこにはちりばめられていた。藤本氏は相変わらず渋面ではあったが、爪先《つまさき》で軽く拍子を取っているようであった。

「なあ、浦川。今度の録音には君も来いよ」

ピアノ弾きが曲の合間に、明るい声音を投げかけた。

「一緒に録《と》ろう。君の音を残すんだ」

僕もかつて、その輝きの満ちる場所に居たことをふと思い出す。遺憾ながら、その時も目の前には関信二が、眼鏡の奥に人の悪いニヤニヤとした笑みを浮かべて居たように思う。

何も変わらぬとはいかぬが、それでも良くも悪くも残る物はあるようだ、とそのことを僕は知った。

次の週。僕は市内のレコード会社が所有する小さな録音施設を訪れていた。ムーンシャイン・ジャズ・バンドの演奏録音に付き合わされる羽目になったのだ。とはいえ、僕は演奏現場には居らず、ひとつ外の部屋で椅子に掛けて待たされていた。関に言わせれば、針を落とすほどの音でも入ってしまえば録り直しになるんだぞ、君はすぐ足音を立てるじゃないか、とのことだ。それ程までに精巧な録音機器があるものかと首を捻らざるを得ない。

関信二は中で、楽団と一緒に居る。僕らは色々と周囲に話をつけ、レコードの制作をそのまま続行させた。浦川君の演奏を誤魔化すことが何よりの重大事であり、どうにか計画はつつがなく進行している。

閉じた重い扉の向こうから、微かに彼らの演奏が流れ出す。一際目立つのはやはりあのサキソフォンだ。どうか怪しまれるなよ、と僕は祈る他なかった。

傍に立つレコード会社の社員が声は立てずに顎《あご》に手をやる。少々厳しい表情をするので、少しヒヤリとする。だが、やがてその顔は少しずつ緩んでいった。悪くない、といった様子であった。実際、彼らの演奏は相変わらず不安定ではあったが、いつになく調子が良く、心を惹《ひ》き付ける音色になっている。フサ子嬢の歌もそうだ。

あの日の演奏が彼らを結びつけたのであれば、それは僕もどうにか動いた甲斐《かい》があったというものだ。

演奏はその後少し躓《つまず》き、一度だけ録り直して終わった。まずまずじゃないか、というのが横の社員の第一声であった。僕もそう思う。

やがてわっと安堵《あんど》含みの声が扉の向こうから漏れ、楽団員達がどやどやと、解放されたような顔で現れる。社員が明るい顔になり言った。

「いや、良かったよ。サキソフォンが代役と聞いたから少し不安だったが、彼もなかなかの奏者だ」

いえ、とピアノ弾きがはにかんだように笑う。そう、彼らは浦川君の音を誤魔化すために影武者を立て、実際には演奏をさせずに見た目だけをそれらしく仕立てていたという訳だ。これは、あくまで関の策だ。僕ではない。

「何かあったらまた声を掛けたいくらいだよ」

「有り難い話ですが、卒業をしたら郷里《くに》に帰りますのでね」

僕は少し呆《あき》れて、椅子から立ち上がりながら眉《まゆ》をぐっと顰《ひそ》めて見せた。何が卒業だ、何年前の話だと思っているんだ、と。

影武者役たる関信二は、吹けもしないサキソフォンをそっと箱に仕舞うと、僕に向けて含み笑いをする。多少雑な服装をしてはいてもあまり学生には見えないが、まあ誤魔化せたのなら何よりだ。関係者の目が節穴であったことに乾杯、といくしかない。そして関はこんなことまで言い出す。

「大久保先輩も、取材の方お疲れ様です」

僕はさらに嫌な顔をして、締め慣れないネクタイを直した。関が浦川君の影武者であるなら、僕は関の代行として帝都読報記者の振りをしろ、というのが彼の無茶な策であった。それならば僕がサキソフォンでも何でも吹くよ、と言ったのだが、君の図体《ずうたい》が学生に見えるかだの、楽器なんて高価で繊細な物を扱えるとは思えないだの、関は好き勝手言い散らしてこの役を取っていった。間近で観察をしたかったのであろう。お陰で貸衣装屋で大きな背広を探し、慣れない社交辞令を述べ、さも興味深げに録音の様子を取材する振りをする羽目になったのだから、やはり納得はし難い。

さて、皆さん下の階で一度お茶でも、と社員が声を掛ける。楽団はどやどやと移動を始める。関は楽器を他の団員に預け、疲労で肩の落ちている僕の背中をどんと叩《たた》いた。

その時だ。

「有り難う」

若い青年の声が小さく、しかし確かに聞こえた。フサ子嬢が振り向き、大きな目をそっと細める。

それが最後だ。浦川君は二度とホールにも、レコード会社にも現れず、声もサキソフォンの音ももう聞こえることはなかった。

それでそんなに疲れた顔をしているの、と事情を聞くと、セーラー姿の姪《めい》の翠は呆れた顔をした。僕は、これは仕事の方の苦しみの為であり、幽霊とは無縁である旨を付け加える。実際、慣れない人付き合いに疲れ果てて、僕は二日ほどボンヤリ寝ながら過ごしていたのであるが。

録音の日の次の週のことだ。僕の姪はいつもの如く細々《こまごま》とした生活の物を届けに来てくれた。僕は彼女に小遣いをやるからと、自室に数多く転がった原稿の紙屑《かみくず》を片付けさせている。菱田君の赤入れは手厳しく、二、三が五十程度にまで広がったが、どうにか片付けた。しかし今度はすぐに次の号に載せる短編を書かねばならず、僕は未《いま》だ執筆の迷宮のさ中に居た。

「それで、その幽霊の人は成仏できたの？」

「ああ、それ以来彼は姿も音もないから、恐らくもう居ないのではないか、と……推測だが」

「じゃあ、幽霊の音が入っているの、そのレコード」

姪は目を丸くした。僕はその顔を見て苦笑する。

関がその後突貫で仕上げた『帝都つくもがたり』の欄は、半ばまでは若者たちの友情と美談を書き連ねているのに、最後ばかりは嫌におどろおどろしい筆致で、死者の音が云々《うんぬん》、とレコードの因縁話を書いて落としている。この文を見るにつけ、彼はやはり当人の言う通り、どうにも表現者や芸術家というよりは煽動《せんどう》家の類《たぐい》であるように思えてならない。よくサキソフォン奏者の真似事が出来たものであると思う。フジモト・ホールの客入りは、結果増えた野次馬と逃げた客とでとんとん、といった具合であるらしい。

「そのうち僕も一枚貰《もら》う予定だから、どこかで掛けて貰おうか」

「嫌だ、そんなの怖い」

姪は眉を顰める。浦川君が呪いのようなものを残しているとは僕はあまり考えていない。ただ、聴けば彼の執念や半ばで絶たれた将来について考え、胸が苦しくなることはあるかも知れない。

「そうだ、この間は言えなかったけど、叔父《おじ》さんの次のお話も読んだの」

嫌な話を変えてやれとばかりに、姪はまた割り勘で買ったという雑誌の話を始めた。先日菱田君にも褒められた、雨と幽霊に纏《まつ》わる短い恋の物語だ。

「悲しいけど良いお話だった。叔父さん、ああいうのも書けるのね。お友達は皆泣いてたみたい」

僕は黙って庭を見る。今日は曇り空だが、しばらくは雨の降る様子はない。従って、雨の日の婦人の話をしても、それほど感傷に浸ることもないだろう。

「ああいうのばかりなら、お母さんもあまり文句は言わないと思うのに」

「ああいう話ばかり書く人生も、それはそれで辛《つら》そうなんだよ」

姪はよくわからない顔で首を傾げている。僕はやはり感傷には勝てずにふと昨年の夏の夕立を思い出す。

死んだ者がただひとつの心残りに拘《こだわ》るのだとすれば、あの婦人はきっと、自由になりたかった、それだけだったのだろう。

「ここの束は取っておくもの？」

姪が床に積まれた原稿用紙を指す。菱田君によりそれは余白が余赤とでも言わんばかりに赤文字の注釈だらけだ。

「それは捨てずにおいてくれないか。何があるかわからないから」

「そうね。叔父さんが歴史に名前が残る作家になったら、貴重になるかも知れない」

随分大層なことを語るが、それは浦川君が微かに見た夢ときっと似たようなものだ。音楽演奏とは違い、文芸は孤独なものだが——。

「いや」

僕はふとそんな声を口に出す。原稿を拾った姪がきょとんとした顔をして僕を見た。

孤独孤独と言い、これは芸術と高尚顔をしていた僕だが、果たして真実そうだろうか、という考えが頭を過《よ》ぎったのだ。

僕の原稿には菱田君の赤文字が入れられ、出版を経て姪のような読者の下へと届く。

殆《ほとん》どの読者は静かなものだが、娃はこうして僕に直に言葉を伝えてくれる。それは、実際何物にも代えがたいことなのではないか、とそう感じた。

僕とて、若かった浦川君とそう変わったものではないのかも知れない。芸術を追いながらも、きっと、他人との繫《つな》がりを心のどこかで求めているのだ。不思議そうな顔をした娃を他所《よそ》に、僕は少しばかり可笑《おか》しくなって微笑んだ。

関から、あの雨の話は実に湿っぽくて君らしいな、おまけに出来事の美化が著しい、次はもっと明るいのを書きたまえ、と辛辣《しんらつ》な感想が来たのは、彼とその次に会った時だった。僕は昔ながらの友人に向けて何かと言い返しながら、遠い時代の輝きの名残りを瞼《まぶた》の裏に感じたものだった。

参話　本棚ふたたび

秋風社の編集、菱田明彦君と仕事上の付き合いが始まったのは数年前のことで、彼はまだ大学を出て幾らも経たない新人であった。僕とて今とそう変わらず売れもしない作家業、初めこそお互い遠慮をし合っていたものの、やがて菱田君は消極的態度を取っていては僕にずるずると逃げられるばかりであるということを賢明にも学び、持ち前の明朗な遠慮のなさを発揮して僕に相《あい》対するようになった。

そんないつかの日のことだ。菱田君との約束を前に、僕は自宅でその日渡すはずの原稿をどうにか終わらせようと苦心していた。時間は無情にも過ぎてゆく。やがて時計の針が約束の数字を指したその時、庭先から先生、と声がした。

「良かった、時間に間に合いました。少々野暮用がありまして」

僕はしまった、遅れてくれれば良かったものの、と思いながらも顔を上げ、そして驚《きょう》愕《がく》に目を見開いた。

菱田君の未《いま》だ学生めいた顔立ちは痣《あざ》と血と土に塗《まみ》れ、手と頬には浅いが赤い掻《か》き傷が幾筋も刻まれていたからだ。僕は慌てて濡れ手拭《てぬぐ》いを持ち出す羽目になった。初めはそれこそ幽霊か何かかと、慄《おのの》きのあまりこちらの心臓も止まるところであった。

「ひし、菱田君。何があったんだ。病院はいいのか」

「ええ、お約束に遅れるわけにはいきませんので」

聞くと、近隣の街路の樹の枝で子猫が立ち往生をしているのを見かけた菱田君は、ふと親切心を出して木登りをし、救出を図ったらしい。ところが、枝の上で捕まえたところで子猫が嫌がり暴れた。

「それで勢いで下に落ちてしまって。とは言え植え込みでしたから大した怪我ではありませんし、子猫も無事でした」

したたかに引っ掻かれましたが、と笑うので、僕は無理に背を押して病院へと向かわせた。放っておいて傷が悪くなっては堪《たま》らない。向かわせた間に僕は急ぎ筆を取り原稿を進めた。おかげで、病院にて消毒をしてもらった包帯だらけの菱田君が、再び我が家を訪れた時にはどうにか体裁は整っていた。僕は菱田君の健勝を祈りながらも、子猫に心の底で感謝を捧《ささ》げたものだった。彼の傷はすぐに残りもせず快癒し、その後のある事件で眼帯姿にはなったものの、今も達者で生きている。

この挿話《エピソード》を関に聞かせたところ、彼の反応はごく簡素なものであった。

「怖いな、あいつ」

猫如きのために怪我をするまではともかく、遅れるからそのままでやって来るというところが怖い、不気味だ、だそうだ。

僕は何かと世話になっている菱田君の弁護をどうにか繰り広げようとしたが、関の言わんとするところはわからないでもなかった。

あの青年は、こうと決めたら真っ直ぐに決して譲らないところがある。書物という己の趣味だとか、何か彼なりの倫理だとか、そういうものを貫きたがる。妙な人間であることは間違いない。

「一度痛い目を見たから、あれで懲りればいいんだがな。元からああなら始末に負えん」

自分こそ好《い》い加減で時に怪異に突っ込んでいく癖に、関信二はそんな毒を吐く。僕はその毒をどうにか酒で薄めて受け流す、というのが常の情景であった。


さて、そんな菱田君は関とは違い礼儀正しく丁寧な人間であるため、何か特別な事態が勃発《ぼっぱつ》した際にはしっかりと書面や電報で僕に連絡をくれる。梅雨が明けかけ、久々の明るい晴れ間が覗《のぞ》いたその日も、事前に彼から相談の手紙が届いていた。

曰《いわ》く、僕が雑誌『秋風』に掲載をしている怪奇短編小説を読んだある少年が、この物語の筆者に会いたがっている。しかも、小説の元となった出来事があるのではないか、と主張をしているというのだ。初めは何か苦情の類《たぐい》かと身構えたが、そうではないらしい。

『話を聞いたところ、彼（相模健助《さがみけんすけ》君という名らしい）は例の古書店を訪れた過去があるそうなのです。詳細はお会いしてから話したいそうですが、大久保先生に相談事があるということで、こちらとしては出来れば関さんにも同席を願いたいと考えております』

菱田君の文字は当人の雰囲気通りに丸く読みやすい。その明瞭《めいりょう》な筆跡でもって記されていたのは、そのような内容であった。そして、もしかすれば、お二人の記事の件の助力になるかも知れません、と続く。

僕は、非常に嫌な予感がした。

例の古書店というのは、昨年の夏の終わりに菱田君が見つけ、僕らが訪ね、危うく取り込まれかけた恐ろしい店だ。人が心から欲しいと望む書物を見せ、代わりに目玉を――そして、人の業《ごう》を貰《もら》う。無類の古書好きである菱田君などは一度目玉を取られ、返して貰ったはいいが未だ眼帯姿のままだ。編集がそれでは困らないかと心配はしたが、視力については問題はないようで、晴れの日などに少々光が辛《つら》いという他は上手《うま》くやっているらしい。

ともかく、あれは人が気軽に行き来していいような店ではない。僕は相談事があるという少年には悪いがすぐさま断ろう、関が勝手なことを言い出す前に、と返事を書きかけた。拝啓と文字を記してから酒を一口飲んだその時のことだ。

「大久保、居るか」

がさがさと草を踏む足音がして、障子の向こうに男らしき影が映り、遠慮のない声がした。僕の家の玄関から庭に入る近道は、時に踏み荒らされがちだ。姪《めい》のようにしおらしく戸を叩《たた》く配慮もない。僕は再び嫌な予感を覚えながら障子を引き開けた。居留守を使おうとしても、この相手はきっと無遠慮に中を確かめてくる。

「おお、居たな。そろそろ庭の草を刈れよ。空き家に見えるぞ」

向こうに立っていたのはやはり眼鏡の関信二で、少し皺《しわ》の寄った麻の背広の隠しから一枚の封書をひらひらと取り出す。僕はその薄い茶色に見覚えがあった。先程から文机《ふづくえ》の上に置いてある、菱田君からの手紙、その封筒と同じものだ。

「どうせ君のところにもあの坊やからの文が来てるだろうと踏んだ」

彼はどかりと遠慮なく縁側に腰掛ける。

「来てはいるが……」

僕が言い淀《よど》んでいると、そのまま足を行儀悪く組む。人の家というのにあまりに図々《ずうずう》しいその態度には好い加減腹が立ったので、だから服に皺が寄るのだと僕は小言を言ってやった。

「背広は寝押しで直るさ。君は随分眉間《みけん》に皺を寄せているが、そっちは戻らんぞ。鏡を……」

関はそう言いかけて口を噤《つぐ》んだ。鏡を見てみろよ、と言いたかったのであろう。噤んで、こう言い直した。

「まあいい。本題は手紙だ」

ここ暫《しばら》く、僕が鏡や姿の映る物を覗きたがらず、部屋の姿見も布で隠しているその事情を彼は知っている。髭《ひげ》を伸ばすのは嫌いであるから、洗面所の物だけは渋々毎朝見ているが、稀《まれ》に酷《ひど》く怖いものが映る。

僕自身が周囲の物を使って、自ら命を絶とうとする、その様《さま》だ。例えば、剃刀《かみそり》を持てば喉《のど》を掻き切る姿を見る羽目になる。

僕は一度この怪異に屈しかけて自死を企て、関の助力でどうにか切り抜けた。とは言え怪異は消えた訳ではない。時折僕の前に亡霊のように現れ、嘲笑《あざわら》う。一時ほどの強い誘惑はないが、気分の良い幻覚ではない。関はそれを知っているから、己の失言に気付いたのであろう。僕はチラリと姿の映らぬ姿見を見、その手前に置かれた小さな犬の土鈴を見てほんの少々心を落ち着かせる。そうして答えた。

「手紙は来たが、僕は断るよ。折角《せっかく》の菱田君の頼みとは言え、面倒事は御免こうむりたい」

「君はそう言うと思ったね」

関もどうにも渋い顔で言う。

「俺も俺であまり気は進まんよ。いや、ネタは欲しい。珍しく続報を書けるならそれは盛り上がるさ。だがなあ、あの店は……」

珍しく彼は慎重派であった。無理もない。彼は前回の訪問時に、何とも正体の知れぬ店主に心理の痛いところを突かれている。彼の過去の、死別の辛い思い出を仄《ほの》めかされたのだ。人の心を読んでいるのか、読まずとも本の形で映し出すことが可能であるのか。何もわからぬ。わからぬから、怖い。

「それじゃあ、今回の話はなし、ということだな」

僕は安堵《あんど》して、手紙の文の続きを考えようとした。少々の気まずさは発生するかも知れないが、文面からすれば菱田君も無茶な依頼とわかっている様子でもあり、下手に期待をさせ後々断るよりは、この段階でなかったこととする方がいい。

「しかしなあ……」

だが関は、煮え切らない返答をしてきた。

「なあ、大久保。俺は正直なところ、その少年とやらに何があったのかは知りたい。良いネタだからな。だが、知ったところで何が出来るとも思わん。聞くだけ聞いて放り出すのも手と考えている」

そして相変わらずの傍若無人さで酷いことを言う。

「で、だ。そうした場合、あの菱田はどうすると思うね」

「どうとは」

僕は菱田明彦君のことを考える。口は減らないが、真面目に仕事をする真っ直ぐな良い青年だ。少々真っ直ぐ過ぎるきらいがある。殊《こと》に、趣味の書物の蒐集《しゅうしゅう》に関しては他に目が行かなくなるほどの行動力を示し、僕らは難儀したものだ。それから、子供に懐かれては強い同情を示していたこともある。正義感は強い方であろう。

「俺らが手を引いた場合、あいつ、自分一人で何かやらかそうとするのじゃないか、とそう思ってな」

「まさか」

僕は目を瞬かせた。菱田君とてあの店にはかなりの悪い思い出を残しているはずだった。幾ら猪突《ちょとつ》猛進の気のある彼といえども——。

「いや、あり得るな」

「あり得るだろう。まあそのままどこぞに消えでもすればましな方だ。最悪は、何かあった後で酷い目に遭ったとまた俺らに泣きついてきた時だよ」

「消えられても困るよ、僕の仕事はどうなる」

関は基本的に人情を解さないため、そういうことを言うが、僕の方はあくまで人道的に泣き言を言った。

「どちらにせよ、そういう悪い予測が立てられるということだ。それならば、先にこちらから首を突っ込んだ方が、まだしも暴走を防ぐことが出来るのじゃないか、とそう考えている。先に止められれば何よりだ」

僕は目を伏せ考える。関の言葉には珍しく道理があり、情と解釈できる余地すらあった。関は関なりに、危なっかしい知人を心配しているのかも知れない。思えば、僕を救ってくれた時もそうだ。冷淡で野次馬根性の塊に見えるその内側にはしっかりと温かな心臓が脈を打っているのかも知れなかった。

「大体、どうせ巻き込まれるのなら初めの方から特等席で見物した方が良かろうよ。もし危険があれば、あの坊やを生贄《いけにえ》にでも捧《ささ》げてサッサと逃げてくれればいい」

僕は空想上の心臓がアッという間にしおしおと温度を失っていくのを感じた。やはりどうも、基本的には彼はこういう人間だ。

「そう上手《うま》くいくものかな……」

「知らんが、また御守りでも持っていくさ」

「君はまた幾つ御守りだの護符だのを持っているんだ」

僕は呆《あき》れながら尋ねた。幾ら仕事に関わるといえども、基本的に人はそこまで御守りの加護を必要とはしない。

「親戚《しんせき》が昔からやたらとくれるのさ。俺も何となく集めるようになってな。大して意味はない」

そういうものだろうか。僕は首を傾げながら、ともあれ菱田君の件について話を纏《まと》めた。ひとまず相談事とやらを聞くだけは聞いてみよう、ということになる。

また妙なことに首を突っ込むことになりそうだ、という予測は、まあ、順当に当たりとなった。こんなところで無駄な当たりを引くよりは、僕は仕事の方で慎ましやかな流行を引き当てたいのであるが、なかなかどうしてそう上手いことはいかない。


さて、ひとまず話だけでも、という旨を書面にしたためて返事をしたところ、後はすぐに話が運んだ。菱田君は有能で、少々せっかちなところもある。次の週には話が整い、何故か僕の家でその健助少年と面会をする運びとなった。依頼は秋風社からの話という訳ではなく、あくまで菱田君個人からのものであったらしい。

夏の初めの、風が微《かす》かに涼しい晴れた日のことであった。

関とは違い、きちんと皺《しわ》のない背広姿の菱田君に連れられてやって来た健助少年は、年齢は十二歳ということだった。髪は坊主が五分ばかりに伸び、少し擦り切れた着物を着て、大きめの眼鏡を掛けたその下の左目は、黒目が薄い灰色になっていた。

「その目は……」

玄関先で彼らを迎えた僕は、思わず瞬きをした。菱田君は頷《うなず》いて、左目の眼帯を外す。彼の目の色は、少年と同じく燃え尽きたような灰の色だ。

「これが気に掛かって、先生達にご相談をしようと考えたのですよ。僕一人ではなかなか」

先生、お部屋もですが、廊下は酒瓶の置き場ではないのですよ、と言いながら彼は少年を招く。健助少年はどこか緊張をした面持ちで、軽く頭を下げた。どこか僕を見定めるような目つきで、じっと見つめてくる。

「……まあ、宜《よろ》しく」

僕は子供というものの扱いがあまり得意ではない。無邪気に懐いてくるような子供は持て余すし、彼のような大人びた賢しげな子供は、何か見抜かれそうで恐ろしい。

「宜しくお願いします……」

何か言おうとして、健助少年は口を閉ざし、そのまま履物を脱いで玄関へと上がり込んだ。

自宅は僕一人では持て余すほどだが、そう広い場所ではない。普段から使用している自室には関が待っていて、幾つか転がった酒瓶を隅に寄せていた。四人が入ると、流石に少々手狭だ。

「大久保、君が好《い》い加減なのはようく知っているが、客人が来た時くらいは部屋を片付けろよ。虫が湧くぞ」

「時間がなかったんだ」

「どうせ昼まで寝ていた癖に……と。どうも」

僕の渾身《こんしん》の言い訳を一蹴《いっしゅう》すると、関は敷かれた座布団を示す。

「どうぞ、座って」

「何で僕の家で君が仕切るんだ」

「君が仕切らないからだよ、俺はさっさと話を聞きたいんだ」

さっさと関が腰を下ろすと、菱田君が続いた。僕も座ろうとしたところ、健助少年がじっと布の掛かった姿見を見つめている。そうして彼はやがてぐるりと首《こうべ》を巡らせ、僕を見た。恐る恐る僕は尋ねる。

「何か、あったかな」

「……いえ。隠すのは良《い》いと思います」

その答えに、何か見透かされたような気になった。彼はそのまま身体よりも大きな座布団に腰を下ろした。

「ええと、本日大久保先生と関さんにご相談したいのは、この相模健助君の件です。書面で申し上げた通り、大久保先生のお話をうちの『秋風』で読んで、例の店に覚えがあると」

「……随分と難しい雑誌を読むんだね」

『秋風』は硬軟問わず小説を中心とした雑誌で、当然彼程の年齢の年若い少年を対象とした作りの誌面ではない。だが、健助少年は涼しい顔だ。

「本は好きです。何でも読みます」

それから、少年は少し考えて付け足した。

「読むようになったのは、去年の秋あたりからですけれど」

僕の目がこうなったのも、その頃からです、と彼は重たそうな眼鏡を外した。年齢のわりには意志の強そうな、理知的な顔が露《あら》わになる。

「……どうも覚えがあると思ったら」

関が膝《ひざ》を叩《たた》く。

「浅草《あさくさ》の小屋の『神眼《しんがん》』の小僧だろう、お前」

そうして、僕は一度も聞いたことがない胡乱《うろん》な名を口にすると、菱田君が頷いた。

「ああ、関さんはご存知ですか」

「評判は聞くな。俺は写真で見たきりだったから、目の色のことまでは知らなかったが」

関はジロジロと穴が開きそうな勢いで、まだ硬い表情をした少年の顔を見る。少年はやや目を泳がせたものの、何も言わずに黙っていた。

「大久保は出不精だから知らんと見たね。どうだい」

「幾ら僕でもそれくらいのことは……」

家で取っている（帝都読報ではない）新聞の紙面をとくと思い出す。覚えはない。関が知っているくらいであるし、浅草の芸能関連のようであるから彼よりは多少は高尚な趣味の持ち主である僕が知っているはずもなく、つまりはシャッポを脱いで降参せざるを得ない。

「知らない。頼むから教えてくれよ」

「君は何だ、卑屈なんだか態度が大きいのだか」

関は呆れながらも健助少年のその『神眼』について語り、菱田君が少年に確認を取りながら補足をしてくれた。

要するに彼は、近頃の浅草六区《ろっく》のある小屋の演《だ》し物として名が知れつつあるのだと言う。

「占いと千里眼の間のような物だと聞いたな。黙ってジッと見つめればピタリと当たる、という奴だ」

関が眼鏡を光らせ、怪しげな奇術師の如き様子でうねうねと手を動かす。場末の占い師でも、もう少しは信の置けそうな空気を持っていると思った。

「千里眼とは少し違うそうで、簡単に言うと、吉凶が見えるのだとか。そうだね」

菱田君の言葉に、少年はこくりと頷いた。

「その人が何か良い物を持っているか、逆に悪い物がないか、そういうものがボンヤリと見えるようになりました」

それを少々勿体《もったい》ぶって演し物に仕立て上げた、ということだな。関は本人を目の前にしても酷《ひど》く辛辣《しんらつ》だ。

「なりました、というと」

先ほど言っていた、去年の秋に目に何かあった、という話だろうか。少年は僕の言葉に答えて言う。

「相談したいのは、そのことです。僕の、目の話で……」

「そこが例の古書店に絡んでいるということです。それでいいかな」

少年が言い淀《よど》むと菱田君が引き取る。つくづく面倒見の良い青年だ。

さて、そうしてぽつぽつと語られたのは、こんな話だった。


相模健助君の生まれはさほど裕福な家ではなく、しかも彼は生まれつき両目が弱視であった。

かなりの近目で、尋常小学校にはどうにか通っていたものの、日常的に文章を読むのには支障がある。早くに亡くなった彼の母親という人は情の深い人で、幼い彼によく物語を話して聞かせてくれていたらしく、健助少年はなかなか読めないなりに本や物語というものに愛着があった。しかし、貧困と集中をしてはすぐに疲労する目とのおかげでそれは容易なことではない。どうにか日常的に本が読めないものか、と彼は常日頃からそう考えていた。

そんな健助少年が、自らの住む浅草の通りをぶらりと歩いていた時のことだ。父親に酒を頼まれて買いに行く道すがらの寄り道で、数々の劇場やら映画館やら偶々《たまたま》テントを張っていたサーカス小屋やら、怪しくも豊かに花開く催し物の数々を外から見て回っていた。

サーカス小屋の芸をする動物だのも気にかかるが、それでもやはり自分は本が読みたい、せめてオペラの宣伝文句なりとも、と壁に貼られたチラシの文字を読むために目を眇《すが》めた、その時であった。チラシの貼られた壁のすぐ横の路地に、その店を見つけたのは。

古びて茶色く萎《しな》びた、まるで空き家にも見えるほどの構え。浅草の繁華なる街並みにそぐわぬ佇《たたず》まいで、看板の文字は朽ちかけ、店名も分からぬ。近寄り、目をぎゅっと細めよくよく見れば、『古書店』と記されているのだけが読み取れた。

興味はあれども、目の弱い健助少年にとって今すぐに役に立つものでもなし、それよりもこんな賑《にぎ》やかな道の裏手にこのような店があったか知らんともう一度店の外壁を見てみる。すると、戸のすぐ横に、周囲の様子に比べれば余程新しい、それでも頼りなく剝《は》がれかけた張り紙を見つけた。

『目玉、賣《う》ります』と。

何のことかとそれこそ目を疑った。筆の文字は大きく、彼の視力でもよく読める。何かの本の符牒《ふちょう》であろうか、それとも義眼か何かの話であろうか、ともう一度汚れた硝子《ガラス》窓から中を覗《のぞ》き込もうとした時のことだ。

ぎい、と音を立てて戸が開いた。そこから人が顔を覗かせている。

「こちらの店に、御用でしょうか」

じっと見ると、それは店と同じ程に年老いて見える、背の曲がった老人のようだった。

健助少年は慌てて首を振る。

「いえ、通りがかりですから」

「……目玉をお探しかな」

老人は嗄《しわが》れた声でそう言うと、誘うようにゆっくりと手招きをしたように見えた。

「目玉、ですか」

少年は不思議に思い、相手の言葉を鸚鵡《おうむ》返しにした。左様です、と老人も真面目に頷《うなず》く。

「本ではなくて、ですか？　僕は目が良くないので、本はなかなか読めないのですけど」

「ほう」

老人の声音からは、興味深げに唇をすぼめた様子がわかった。

「ならば余計に目玉が必要なのではありませんか」

「あの、その目玉というのはどういう……？」

目玉は目玉ですよ。老人の遅々とした話しぶりは、どこか引き込まれるような、心地の良い音楽のような響きがあった。そうして、気がつくと健助少年はゆっくりと、店の中に吸い込まれるように足を踏み入れていたのだという。当店は見ての通りに古書店ですが、近頃は残念ながら御足労頂けるお客様が少なくなりましたので、副業を始めまして、と老人は語る。

「あなたの目は確かに、細かな物が見えにくいようだ」

老人はゆっくりと腰を伸ばす。店内は古い紙の匂いが快かった。

「もっと様々な物を見つめてみたいと思ったことはありませんか」

意外な長身の老人は、奥の机の脇、少年の目にも傾《かし》いでいることがわかる棚から、ひとつの硝子瓶を取り出す。

「ひとつで良い、取り替えてみては、というのがご提案です」

瓶の中には、目玉が十ばかり、ころころと転がっていた。

ひっ、と喉《のど》から声が出た。しかし、足は動かない。目玉と言っても義眼か人形の目玉のようで生々しい様子はない。それが、不思議に良く見えた。どれも黒目は薄く灰色になっている。

「対価は、あなたのその片方の目さえあれば良い……。目玉を取り替えても構わないと思うほどの業をいただければ」

さあ、どうしますか。

健助少年は魅入られたように目玉の数々を見つめ、そうして店内を見回す。驚くほど沢山の書物が、本棚には詰め込まれていた。彼の弱い目では一生掛かっても幾らも読み切れないほどの。このうち、どれほどの本が物語なのだろうかと首を捻《ひね》ったという。そうして、思った。欲しい。良く見える目が欲しい、と。

「僕の目で良いんですか……その、視力が弱いのですが」

「構いませんとも。却《かえ》ってそういう目玉を欲しがる方もいらっしゃいます」

老人が瓶の蓋《ふた》を開ける。そうして右手でそっとひとつの目玉を摘《つま》み上げ、健助少年に差し出した。

「これなど、色々と見える良い出物です。さあ、交換を」

ぐい、とその目玉が彼の目元に押し付けられる。抉《えぐ》られるような痛みはなかった。ただ、視界が変わった。

爾来《じらい》、健助少年の左目の視力はぐっと上がった。不思議なことに、突然鮮やかになった視野にも、右目との視力の差にもそれ程戸惑うことはなかった。菱田君と同じく眩《まぶ》しい光は少し苦手で、変わってしまった色は目立つが、学校の勉学は何も困らなくなり、読みたかった本も幾らでも読むことができた。それだけならばそれ程困りはしなかったのだが——。

「なるほど、そこで吉凶とやらが絡むのか」

僕の意識はふと、謎の古書店から四人が座る狭い部屋へと戻る。関が腕を組んで話を聞いていた。はい、と少年は頷く。

「その辺にあるものが何だかボウッと薄く光って見えたり、反対にモヤモヤと暗く見えたりします。目を取り替えてからなんです。暗いものをそのままにしていたら、おかしな事故があったりしました」

菱田君は顔を軽く曇らせた。

「健助君のお父さんという人は、そこに目をつけて見世物の芸にしようとしたんですね」

「それで『神眼』ね」

健助少年は、利発そうな顔を少々下に向かせ、萎《しお》れかけた百合《ゆり》の花のようになっていた。子に突然芽生えたよくわからぬ力を金の成る木としようとする親。好ましいとは決して言いたくはないが、貧しい家と聞いた。そうなってしまうこと自体はわかる。

「おい坊主。それじゃあ試験だ。この部屋の中に何か良いものだとか悪いものというのはあるのか」

関が挑発的に言うと、少年は生真面目な顔でぐるりと辺りを見回し、事もあろうに僕自身を指差した。

「まず、この大きな先生に嫌な感じのものがくっついています」

「僕か」

心当たりはあり過ぎる程ある。それはある程度の事情を知る二人も同様であろう。

「そこから鏡に同じようなモヤモヤが伸びているけれど、これはきっと鏡そのものが悪いのではないのじゃないかなあ」

だから隠すのは良いと思います、と先程の言葉を繰り返した。

「反対に、そこに置いてある犬は良いものですね」

鏡の前には、小さな犬の土鈴が飾られている。僕の部屋で可愛らしい物と言ったらこれくらいだ。

「まあ、そりゃあ御守りだからなあ」

関の茶々には特に相手をせず、少年は続ける。

「持ち歩くときっと守ってくれますよ」

ふむ、と手で紐《ひも》を摘《つま》むと、からころと軽い音がした。ほんの少し歪《ゆが》んだ愛嬌《あいきょう》のある丸い顔が、そうですよ、私はお役に立ちます、とでも言っているように見える。

「後は――」

「大体わかった。大久保の件を当てるなら相当だな。『神眼』と言うのは本物らしいや」

関が遮ると、少年は口を微《かす》かに動かし、そうして止めて俯《うつむ》いた。

「本物だから、困っています」

「じゃあ、君の相談事というのは？」

僕が尋ねると、はい、と少年は顔を上げる。

「僕はもう見世物を止めたいです。学校を休んだり、皆にジロジロ見られたりしないで暮らしたいです。大体、あれは半分お父さんが嘘をついていて、嫌と言っても止めてくれないのに、話が大きくなってしまっていて」

あなたには良いものが憑《つ》いている、と指摘するのは健助少年の目による真実かも知れぬが、それを先祖の加護だの善い行いの結果だの尾鰭《おひれ》をつけるのは、父親の仕事だった。悪い場合も同じだ。大して弁の立つ人間でもなかったが、人の心理を見ることには長《た》けていたらしい。そうして乗せて、木戸銭《きどせん》に加えてさらなる布施《ふせ》を頂き、日銭に変える。

あくまで真面目で、大人顔負けの本も読めるほどの利発な健助少年だ。良心の咎《とが》めは日に日に募った。取材を受け、写真が流れる程に名が知られかけてきたのにも恐怖を感じた。

何より、友人達に避けられるようになったのが耐え難かった、と言う。

「目を戻したいんです。でも、あの店のあった場所に行っても、どこかに消えてしまったようで、探し出せなくて。そうしたら、偶々《たまたま》読んだ雑誌にとても似た店の話があったので、会社に手紙を書きました。お父さんには内緒で。僕が止めたいと思っていることが知られれば、怒られると思うので……」

それが『秋風』の僕の小説であった、ということらしい。

「健助君から話を聞きまして、僕が一緒に探せばとも思ったのですが、まず先にお二人にお話を通そうと思ったのですよ」

そう言う菱田君は流石に学習し、前回のような無茶には反省したらしい。猛進をしないだけ安心というものだ、とそう思った。

「慎重になってくれたようで何よりだよ」

「いえ、他に人が居れば僕が何をやっても引きずり戻してくれるのではないかと思いまして。前回で学びました」

「菱田君」

それは学ぶべきところが大いに間違っている。関もまた僕と同じく苦い顔になった。

「俺は正直なところ、一度逃げ出したところに無策でもう一度突っ込んでいくというのは反対だぞ」

「そうだよ。あんな恐ろしいところ、僕はもう懲り懲りだ」

口々に言うと、菱田君はやはり強情だ。

「しかし、子供が苦しんでいるのに放ってはおけませんよ。しかもうちの雑誌の、先生の作品の読者ですよ」

「だからと言って……」

読者は大事であるし、それは、他人が最大限幸せであってくれるに越したことはない。

だが、それにしても危険が過ぎる。僕がどうにか止められないかと関の顔を見ると、彼はしばしの思案の後、こう言った。実に頼もしげな、自信に満ちた表情であった。

「大久保、燐寸《マッチ》をありたけかき集めて来い」

「燐寸《マッチ》?」

以前あの店を火で脅したら、菱田の坊やの目玉は返ってきたろう、と彼は頷《うなず》く。

「無策は嫌だと言ったろう。あの爺《じじい》は殴れたし、店は燃やせると踏んだ。それならば対抗をしていくしかあるまいよ」

僕は慄《おのの》いた。これは策と言えるのか否か。あまりに杜撰《ずさん》ではないのか。

「君まで突入をする気か。さっきまでは止めていた癖に」

「言ったろうが。どうせ巻き込まれるのなら特等席だ。菱田君はあれだな、本に余所見《よそみ》をするなよ」

今回ばかりは決して、と菱田君は勇ましく頷くが、どこまでその決意が続くものか、甚だ疑問だ。

「大久保、君はどうする。頭数が居た方が、何かあった時の囮《おとり》が増えて楽だが」

「君はもう少し態度を繕ってくれ」

思わず立ち上がると、僕はあからさまに一人身長が高くなる。ジッと見上げる視線ひとつひとつが痛かった。

菱田君の黒と灰色の目には、僕に対するよくわからない強い信頼が込められていた。

健助少年の同じ色の目は不安げで、それでも己の目的を遂行しようと子供なりに心を決めたようであった。関は、普段と変わらない。眼鏡の奥で、どうだ大久保、と挑戦的な目をしてこちらを見ている。まるで迷いがない。

もし、僕が彼らをそのまま行かせ、独り残り、そうして例えば誰も戻って来なかったら？『帝都つくもがたり』も『秋風』での連載もなかったことになり、僕の小説を読んでくれた少年は消え、僕《まみ》はまた世間から遠ざかり、細々と生活の糧のための文を書き散らしながら——悔いに塗れて暮らすのだ。

僕には勇気がない。そんな重たい人生を背負うのは御免だった。だから、肩を落としこう言う他なかった。

「……行くよ。取材のネタにするのなら、僕だって関係者だ」

「よし、それでこそ大久保」

軽薄なことを言いながら、関もまた立ち上がる。

「とにかく燐寸《マッチ》だな。探せ探せ」

胃の腑《ふ》は重い。菱田君と少年とが、同じ灰色の目を見合わせ、嬉《うれ》しそうに顔を綻《ほころ》ばせたことだけが少々の救いであったかも知れない。

平日の午後とはいえ、浅草の通りは人が多く、湿気混じりの天気に汗ばむほどであった。まずはかつて少年が店を見かけた場所に向かおうとそういう腹だ。空は青い。透き通るようというよりは、薄めたペンキでサッと塗り上げたような強い色の青であった。

その青を、健助少年は左目を手で塞《ふさ》ぎ、歩きながら見上げている。関と菱田君は少し先で何やら話し込んでおり、自然、僕が少年と会話をすることになった。

「……目が」

僕が呟《つぶや》くように言うと、少年は目隠しの手を下げて僕を見上げた。薄い灰色の目には、今も僕の後ろにあるという悪い何かが見えているのだろうか。

「目がまた見えにくくなるというのは、怖くはないのかい」

「怖いし、残念です。でも、本を沢山読めたので。しばらくは思い出して我慢をします」

健気《けなげ》、というのはこうした子供のことを言うのだろうか。それとも、それほどまでに好きであった本を諦《あきら》めざるを得ないほど、彼は見たくもなかったものを見てしまったのだろうか。

「その目で色々なものが見えてしまうのは、やはり辛《つら》いのかな」

「見えること自体はいいです。人を助けられたこともありますし。嫌なものがあっても見ないようにすれば、気にせずに居られると思います。でも」

僕、お父さんとまともに話せなくなってしまった。

その声はどこか湿っていて、彼の内心の幼さが見て取れるようだった。

「優しくしてくれるのは、全部お金のためかと思ってしまう」

『神眼』の件であろう。子の得た不思議な力を金儲《かねもう》けに利用しようとする親など、と言うのは簡単だ。だが、それでも彼にとって父は父であり続けているのであろう。

「僕の目が戻って、それでもまだ僕を養ってくれるのなら、きっとお父さんは何もなくても僕のことが好きなのだと思うんです」

関が何を聞きつけたか、ぐるりと振り返ってこちらを見た。

「おい餓鬼、あんまり親を試すものじゃないぞ」

それだけこちらに言葉を投げ、脇の店に気を逸らしたりしながらもまた通りを進む。

僕と少年は目を見合わせた。

「それじゃあ、目と言うよりは境遇の話か」

じゃり、と細かい石交じりの砂を踏んで、下駄《げた》が嫌な音を立てる。

「はい。……目は、嬉しかったです。お小遣いも貰《もら》えましたから、思ったより色々難しい本も読めて。あの……お店の話が載っていた雑誌、は殊《こと》にややこしい話が多かったですけど」

『秋風』のことだろう。僕はどうしても尋ねてみたかったことを聞いてしまった。

「……あの、君が読んだという、僕の小説は。どうだった」

年少の読者の鑑賞にも耐え得るものであったのか、それとも、探していた店を見つけた驚きで薄れてしまっていたか。

「難しかったです。言い回しに知らない言葉が多いので……でも、綺麗《きれい》だな、とは思いました」

言葉を選ぶように、少年は言う。

「あの店から出た後、主人公は幸せになれたのでしょうか」

『目玉を対価とする古本屋』という軸のみ残して創作した僕の小説では、最後主人公は同行していた友人を騙《だま》して目玉だけ出させ、自分はどうしても欲しかった希少な書物だけを持って逃走する。そういう筋書きになっていた。実際はどうにか菱田君の目を取り戻して全員無事に逃げ出したのだが。

僕は国語の教師にでもなったような気持ちで答えを返す。

「さあ、どうかなあ。そこは君が考えるといい」

少し間を空け、ぽつり、と言葉が返ってきた。

「……友達を失《な》くしてしまったのは不幸です。でも、目が無事で本があるのなら――」

「僕らの時は、本は全て白紙になってしまっていたよ」

少年は目を見張る。

「小説では書いていないから、あの世界の中ではどうかはわからない。僕も教訓臭い話を書こうと思ってはいない。君が思うように結末を補足したまえ」

決めていない、というのが実際のところだ。どちらとも言える。どちらとも言えない。

僕としては、この主人公は嫌な奴なのでどこかで罰《ばち》が当たれとも思うが、実際にそこまでやってしまっては興醒《きょうざ》めだ。嫌な奴だが、心情はわかる、というようにも書いた。だから、逃げおおせて欲しいとも感じる。

「君の目がまた読むのが難しくなっても、読んだ物語は頭に残るだろう。何か手が見つかるまで、反芻《はんすう》して楽しむといい。話の先や、主人公でない人間のことを」

せめて何か彼に言えぬものかと、頭に手を置いてそう語った。そうして、僕の話にその価値があるかどうかはわからないが、と慌てて補足する。少年は無口であった。

「僕だったら――」

それだけ言って軽く首を左右に振ると、関や菱田君の前にまで駆けて行き、先導するように進んでしまった。

「大久保先生、講座の調子はどうだい」

関がニヤニヤ笑って帽子の鍔《つば》を持ち上げ、こちらを見る。

「良い子でしょう。おかげでどうにも放っておけなくて」

菱田君も眼帯を掛けた顔で振り返った。今日のような晴れの日は、光に弱い彼の右目は辛かろう。

「僕は子供は苦手だよ」

顔が渋くなっているのが自分でもわかった。多少思い入れてもそれが何になろうか、という諦念《ていねん》もあった。たまたま行き合った程の僕が、彼に何をしてやれるものか。

「あ」

少年が立ち止まる。次に菱田君が。関と僕はそれに続いた。

賑《にぎ》やかに人が行き交い、あちらこちらと目眩《めまい》がするほどの色彩がちりばめられた通りの裏、急激に色を失ったかのように見える路地の先にその店はあった。

僕は背筋を柔らかな手で直《じか》に逆撫《さかな》でられたような気味の悪さを覚える。半年以上も前に一度訪れたきりの店だが、その古びた様子には何の変わりもない。あの時は神保町《じんぼうちょう》であったから、場所はどこでも構わないらしい。

「やはり僕に縁があるのかな。それとも健助君と二人揃っていたせいか……」

菱田君は首を傾げる。

「それじゃあ、俺は後で合流する。急ぐから適当に時間を稼いでおけ。何なら燐寸《マッチ》も使え」

「関？」

不意にそう言われて、僕は振り返った。不安が地面から湧く水のように、胸にじわりと染みた。だが、関はお構いなしだ。

「戸を軽く開けておいた方がいいな。店が消えて俺が探せなくなるかも知れん」

そう一方的に話すと、彼はふいと通りの向こうに姿を消してしまう。菱田君を見ると訳知り顔なので、道々ふたりで急遽《きゆうきよ》打ち合わせたものらしい。冷静に考えれば、火で脅すなどというのは前回の焼き直しの作戦だ。不安は拭《ぬぐ》えない。しかし、かと言って他に良い策が浮かぶ訳でもなし。いざとなれば致し方あるまい。

健助君は覚悟を決めたように口を噤《つぐ》むと、がらりと戸を引いて中に足を踏み入れた。

「すみませ、ん」

思い切ったような声は、少しずつ勢いを失う。

店の奥には、あの背の曲がった老人が表情の窺《うかが》えない顔で椅子に掛けていた。

「いらっしゃいませ」

続いて菱田君が中に入り、僕が最後におっかなびっくり足を踏み入れると、戸はひとりでに閉まりそうになったので、慌てて下駄を脱いで挟んで置いた。それでも外の喧騒《けんそう》はほぼ耳に届かなくなる。

古い紙の匂いが鼻につく。色彩はどこか枯れた空気を帯びて、二十年ばかりは時を遡《さかのぼ》ったような気持ちだ。棚には新旧様々な本、本、本。僕はそちらを見ぬようにして老人を注視した。健助君が続ける。

「あの、前にこちらで目を貰いました。今日は、それを……」

「返品、でございますか」

店主は首を傾げ、脇の棚を見る。硝子《ガラス》瓶の中には、確かに目玉が幾つも転がっていた。言われた通り、生体の生々しさはない。カチカチと音がしそうなほど、作り物めいた様子であった。そうして店主の目は再び健助少年の顔に向けられる。やがて、店主はそう済まなそうでもない声音でこう言ってのけた。

「ああ、あの弱視の目の方ですね。あれはあの後すぐに売れてしまいまして」

「売れた？」

菱田君が怪訝《けげん》な声を上げる。

「それはあなた、一度交換したものですから、当店では商品として扱わせて頂いております」

ああ、あなた方、以前にいらした方々だ。老人はゆっくりと首《こうべ》を巡らせた。

「困りますよ、記事だのお話だの、お陰で当店は商売上がったりだ。副業なぞ始めねばならなくなった」

それ程困ってもいなそうな声音で、老人は僕らに声を掛ける。今は不在の関の方もきっと、人でないもの相手に営業妨害をしたという反省はまるでないであろう。

「本と引き換えにした目玉を売って、それでまた業を貰っている、というわけですか」

僕の声は震える。人の目玉について一体どういう扱いをしているのか。

「まあ、そういうことになりますか」

「僕の目は、もう無いのですか」

健助少年の声が、絶望に揺れた。不自由も多い目であったろうが、十何年共にあった彼自身の物だ。動揺は深かろう。

「『見え過ぎる』目に困っていた方がいらしてね。この塩梅《あんばい》が丁度良いと喜んでらっしゃった」

あなた、善いことをなさいましたね、と老人は言う。何が善いことだ、と僕は内心苦虫を嚙《か》む思いであった。悩みをひとつ、あちらからこちらへと移し替えただけの話だ。

少年は棒立ちになったまま、言葉を止めてしまった。

「それでも、この子の目を何か普通の目と取り替えてあげることはできませんか」

代わりに懇願をしたのは菱田君だ。

「困っているそうなのです」

「普通の目、というものは大層人気でして。在庫薄となっております」

老人の言葉に、僕は少々意外に思う。何の変哲もない、例えば僕のような者の目など世の中に幾らでもある。反対に吉凶を読める健助少年の如き摩訶不思議《まかふしぎ》な目には幾らでも高値がついて良さそうなものを。

「例えばこちらの目、まあ所謂《いわゆる》霊感と言いますな。死者の姿が見える」

老人はひとつ、他とどう違うのかまるで見分けのつかぬ目玉を取り出す。死者と言えば、煎餅《せんべい》屋の子供だの、ダンスホールの浦川君だの、他にも雨の日の婦人や関のところの芳枝さんを始めとして、僕らは幾人かの幽霊を目撃したことがある。そう珍しいのかどうかは判断がつかない。そんな考えが伝わったのか、老人は補足をした。

「死者と言っても色々だ。普段は隠れているもの、消えかけたもの、現れようとしないもの……ずっとたくさんのものが世の中には居るのですよ」

それを聞いた瞬間、僕は古書店の棚の陰、机の下、僕のうなじに息がかかるほどの近さの背後、健助少年の不安げな顔の横、ありとあらゆる場所に人の形をした影と、じっとこちらを見つめる数々の目を幻視した。僕は、御免だ。そんな目は欲しくない。

「それから、千里眼と言いますか。遠くを見定められる目。人の心の裏が見える目。光が無くとも闇の中を――」

指が折られる度に、幾つもの怪しげな目玉について語られる。真実かどうかはわからない。ただ、僕らは徐々にその語りに魅入られるのを感じていた。かち、かち、と時計の振り子の音がする。その音と声とが、どうにも心地よく響いた。

「そんな目ばかり、どうして」

僕は、消え入りそうになる声でどうにか絞り出すように呟《つぶや》いた。

「さあ、案外と変わった目をお持ちの方というのはこの世に多いのかも知れず……皆様、どういう訳か何の変哲もない視界をご所望で、本の代わりに手に入った目玉と喜んで交換をしていかれます」

僕の僅《わず》かばかりの疑問はすぐに流れる。健助少年と似たような悩みを抱える人間は多いということなのだろうか。

「さて、坊やの目と取り替えられるのは、この辺りでしょうかねえ。どれかお入り用のものはございますか」

老人はあくまで穏やかであったが、有無を言わさぬ調子で続けた。

「そもそも、取り替える必要などございますか？」

ぞ、と立ち上がると、老人の上背は高い。恐らくは、僕よりもずっと。黒衣を纏《まと》っているのに初めて気がついた。

「坊やだって、その目を手にしてからきっと、良いこともあったでしょうに」

健助少年は一歩後ずさる。後ろの僕にぶつかって止まった。微《かす》かに震えている。

「お父さんが、以前よりも僕を大事にしてくれるようになったのは、本当です。でも……」

「そう、家庭円満は何よりだ」

「ほ、本も読めるようになって、だけどそれは、僕の目じゃないので」

老人は手を広げる。辺り一面は古書の詰まった本棚だ。以前、僕らが絡め取られかけた。

「本ならこちらに沢山ありますよ。あなたの一番好きな本も、きっとだ。対価は目玉ひとつ」

少年は、ふらりと手を伸ばす。僕は慌てて彼の肩を摑《つか》んだ。

「何なら、右の目玉もどうですか。今ならこの目らと交換して、さらにお好きな本を一冊差し上げます。その分の業を、当店に――」

「押し売りは止《よ》して下さい」

圧倒された様子であった菱田君が、声を絞るようにして言う。

押し付けはしていないのですがねえ、と嘆息が返ってくる。

「当店は、お客様皆様の幸福をお祈り申し上げておりますよ」

健助少年は混乱した様子で居た。彼が求めていた『見えにくくとも真っ当な目に戻る』という選択肢は失われてしまった。今や少年は、このますごすごと引き下がるか、さらにまた別の厄介な目を手に入れるか、そのふたつから選ばねばならなくなったのだ。幼い彼にとっては無体なまでの重圧であろう。

すぐ後ろに居た僕は、どうにか彼の肩に手を置いてやった。何が言えるものでもない。だが、この小さな読者に何かできないものか、とそれだけを回らぬ頭の中でぐるぐると考える。

そうして、ひとつだけ思い出したことがあった。

『あの店から出た後、主人公は幸せになれたのでしょうか』

先程の道での、少年の言葉が頭を過《よ》ぎった。僕の物語に対する、有り難くも難解な感想であった。他人を犠牲にしてまで、所有したいものを手に入れることの是非。僕には答えが出せない。罰《ばち》が当たれとも思う。同時に、気持ちはどこかわかるとも思う。よって僕が出来ることは、ひとつの提案だけであった。

僕は口を開いた。

「店主さん。例えば——例えばだ。誰かがあなたに『普通の』目を売って、その場でこの少年がその目に取り替える、そういうことは出来ますか」

「大久保先生？」

菱田君が振り返る。僕は無我夢中でその案を語るしかなかった。

「例えばだよ、例えば、僕の目を——」

ころん。小さな鈴の音がした。健助少年に言われて懐に仕舞っておいたあの犬の御守りの音だ。何故今このように音を立てたのかはわからない。だが、その音は、僕の頭を少し冷ましてくれた。

「……いや、やはりそれは困るな。仕事に障りそうだ」

殊《こと》にあの吉凶を見る『神眼』、僕の後ろに何か嫌なものがいることを始終意識せねばならなくなりそうで、手に入れたとて困ることおびただしい。菱田君は少し考え込むような顔をした。

「だったら、僕の良い方の目を取って、それでお終《しま》いにしてください！」

健助少年が老人に駆け寄り、弾《はじ》けるように叫んだ。

「片目は全く見えなくなりますよ。本は宜《よろ》しいので？」

「本は……読みたいですけど。お父さんの方が……」

「そのお父さんとやらは、以前は今程あなたのことを大事にしてくれていなかったのでは？」

『神眼』があってこその愛であったのでは、と老人は甘く毒のような言葉を囁《ささや》く。

「だって、そのせいで」

「目がひとつでそれだけ変わったのですよ。ふたつならずっと出来ることが増える。ずっと愛して貰《もら》える。そうではないですか？」

僕は覚悟を決め、燐寸《マッチ》の小さな箱を取り出す。手から提げていたあの御守りがからりころりと涼しく音を立て、煮詰まった僕の頭を正気に誘ってくれた。いざとなれば、脅してでも——。

その時だ。

がらり、と戸が大きく開く。堂々たる態度で関信二が姿を現す。彼はひとりの男の手首を摑んでいた。その手をぐいと引くと、男はたたらを踏んで中につんのめるようにして入店する。

小狡《こずる》そうな顔に、真新しい背広の上下が似合っていない、見覚えのない男だった。否、誰かを思い出すな、と思った。目元と鼻筋の辺りが、眼鏡を外した時の健助少年によく似ているのだと、遅れてそう気付く。親子ではなかろうか、というのはすぐに想像がついた。

「お父さん」

健助少年が驚愕《きょうがく》に目を見開いた。やはり彼の父親か。

「何だかゴチャゴチャと話してはいたんだろうが、まず親父と話を付けろよ、と俺は思うが。どうだ」

僕も呆気《あっけ》に取られてはいたが、関が留守にしていた理由には合点がいった。少年の父親を連れて、恐らくは無理に引きずってきたのだ。父親は関から説明を受けたのか受けていないのか、二人人間が増えて狭苦しさの上がった店内を見回していた。本に魅入られた様子はない。

「健助、親父に言いたいことはサッサと言ってしまえよ」

関はいつもの如く大雑把で大上段だ。僕はヒヤリとする。少年の純粋で繊細な気持ちを、願いを、彼の行為は踏みにじってしまいはしないだろうか。

お、と少年の喉《のど》が引きつったような声を立てる。眼鏡の少年は、みるみる泣きそうな顔に変わった。

「お父さんは、僕の目が元に戻ったら――ううん、見えなくなってしまったら、僕のことは捨ててしまう？」

馬鹿、と関はさらに呆《あき》れた顔をする。老人はじっと表情を変えず、そのまま親子の様子を見ていた。

「違うだろうが、もっと根本の話をしろ」

「関、子供相手に――」

僕は止めるが、ぴしゃりと撥《は》ね付けられる。

「この餓鬼がお子様という面か。こっちの話は全部わかってる。だったら――」

「言い方の問題だよ」

関のやろうとしていることは理解ができた。だが、この男はどうにも言葉が強い。人を萎縮《いしゅく》させ、反発させる恐れがある。特に、今緊張の最中《さなか》に居る健助少年には尚更《なおさら》だ。

僕は軽く膝《ひざ》を折った。子供扱いというよりは、そうしなければ僕の背では少年とはあまりに目の高さが合わぬのだ。

僕は、谷中の子供の幽霊を思い出した。彼とあの赤い着物の千恵ちゃんは、どこか似ているような気がした。あの子はもう命を失って長く経ち、消える様を見守るしかなかった。だが、健助少年はまだ元気に生きている。

「あの口の悪い小父《おじ》さんが言いたいのはだ。君が本当に、心からしたいこと、言いたいことは何だ、ということなのだと思うよ」

関は軽く片眉《まゆ》を上げる。少年は瞬きをして、そうして口をきゅっとへの字に曲げた。

「僕は、もう見世物にはなりたくありません」

利発な子だ。目がどうであれ、機会に恵まれさえすれば、きっと豊かな人生を送ることが出来るであろうと、そうあれかしと思ってしまうような、そういう少年だった。

「お父さんがお金を手に入れて嬉《うれ》しそうなのは良かったと思うけれど、僕も幸せだけれど、これ以上騒がれたり、普通のことが出来なくなってしまうのは嫌だ。嘘を吐《つ》いてお金を稼ぐのはもっと嫌だ。ここで終わりにしたい。でも、お父さんはそう言ったら困るでしょう」

だから、試したりせずに最初からそう話せと言うんだよ、関は呆れ顔で呟《つぶや》く。

「目を戻したら、なあなあで終わると思ったんだ」

正面からジッと見つめてくる息子に気圧《けお》されたか、健坊、お前、と父親は力の抜けたような声を出した。

「お前そんなことを考えて……お前……」

彼の顔には、欲と親としての情と、何かの計算と、様々な表情が浮かんでは消えた。返事には時間が掛かった。ごく当たり前の人間なのだろう。金は必要だ。子供は大事だ。実際に何かとやりくりもあろう。どこかひとつに偏ってすぐに返答が出来るような、そういう父親ではないのだ。

ただ、健助君は目が無ければ大事にされないのではと不安がってはいたが、少なくとも欲で目の前が全て塞《ふさ》がってしまうような、それだけの人間ではないようだ、と僕はそう考えた。ややあって、父親は答えた。

「……止めに、するか」

絞り出すような苦渋の声ではあったが、父親は確かにそう言った。僕はホッと息を吐く。健助少年の顔がぱっと輝いた。

「真実《ほんとう》に止められますでしょうかね？」

割り込んだのは、ジッと趨勢《すうせい》を見守っていた老人だ。

「ご決断はわかりました。その場合、坊やが仰《おっしゃ》っていた通りに目玉を返して貰い、代わりには何も入れないのが一番かと思われますね」

つまり、健助少年の目は片方は盲目、片方は弱視という状態になれと老人は言うのだ。

「その良く見える目がある限り、あなたはいつまたお父様に使われるかわかったものではない、そうではないですか？　それよりは、目玉をこちらに返していただければ、あなたも安心、こちらも売り物がひとつ取り戻せるというもの」

さあ、と長い手が伸びる。健助少年は不安げに父親を見上げる。父親は答えない。額の汗を拭《ぬぐ》う。

「お父様も自信がないのでしょう？　少しばかり稼いだ小銭が失くなった後、お子様をまた小屋に立たせないでいられますか？」

立てば背の高い老人は、ずる、ずる、とゆっくりとした足取りで僕らに近づいてくる。関が隠しに手を突っ込み、燐寸《マッチ》を取り出そうとしているのが見えた。僕も手を握りしめると、下げ緒が揺れて土鈴がからん、と小さく音を立てた。その音で、ふと思い出す。

菱田君は、どこだ？

僕は辺りを見回す。話の途中までは一緒に居た筈《はず》の菱田君は、今は入り口付近から見えるところには居ない。代わりに書棚の奥の方でゴソゴソと何か音がする。

「ひし……菱田君？」

恐る恐る呼びかけると、その場の全員がそちらを向いた。やがて、棚の陰からひょこりと青年の眼帯を巻いた顔が現れる。

「やあ、すみません。また面白い本が沢山見つかったので、つい」

僕は顎《あご》が外れそうになる。この期に及んで彼は、自分が持ち込んだ話を放置してはまた書に淫《いん》していたというのか。

「どれもこれも、実際は白紙と思うと残念だな」

老人の顔が、初めて軽くぴくりと動揺するように動いた。また目玉の対価で釣ろうとでもしていたのだろうか。

「お話を伺っていましたが、先生。先程の誰かと目を取り替えるというのは良い案だと思います」

健助君の件の解決には、それがいいのではないでしょうか、とまた随分と前の話を持ち出す。

「ただ、先生や関さん、お父さんは一度も取り替えたことがない、生身の目でしょう」

「それはそうだよ、目をそう何度も取っ替え引っ替えしてたまるものか」

僕は答える。以前この店を訪ねた時も、僕らは無傷で済んだ。一度白紙の本と引き換えに目玉をやってしまい、そうしてどうにか取り戻した菱田君以外は。

「僕の目は、あの時一度外してまた入れた物です。彼の『神眼』と同じで光に弱いようですから、一度取り出すとそうなってしまうのでしょうね」

彼は、静かに告げた。

「ですから、僕の目と取り替えるのが一番被害が少ない。そうは思いませんか。特に不思議なことは何もない、普通の目です。本だってよく読める」

この後田亭《うしろだとおる》という筆者の著書は奇書の類《たぐい》が多いですが、なかなかどうして子供向けの本にも面白いものがあるのですよ、と彼は誰にも頼まれていない手元の本の解説を挟む。

「君にも、沢山本を読んで貰《もら》いたいな。健助君。目を捨ててしまうのは勿体《もったい》ない。僕は吉凶が見えようがそれほど気にしないから、君の目を僕に寄越すといいよ」

僕と父親は、口を半分開けた顔でこの青年を見ていた。健助少年は、すすり泣くような声を立てた。関は菱田君の言葉を聞きながらそっと老人に近づくと、彼の肩に手を置き、低い声で何か囁《ささや》いていた。大方、また脅しの類であろう。

「僕の業は如何《いかが》です、店主。目玉を取り替えても構わない、誰かに心から読書を楽しんで欲しいと、そういう業です。交換には足りますか？」

僕は、この菱田明彦青年という編集者には常日頃から世話にはなっていた。だが、それとは別にあの子猫の一件の頃から、真っ当に見えてどうも妙なところのある人間だとそう考えていた。真っ直ぐで、真っ直ぐすぎて、己の趣味だとか、信じるところだとかに一直線に飛び込んで行き過ぎる。

これは、その極致だった。出会ってさほど経たない少年に対して、あまりに献身的に過ぎる。関がいつか言った通り、感動と言うよりは不気味に一歩足を踏み込んでいる。

だが、彼の言葉を聞いた時、僕はこの古い空気の籠《こ》もった古書店に一筋の柔らかな風が吹き込んだような、そんな清々《すがすが》しい気持ちも感じていた。

「僕の考えでは、これが全員にとって一番良い方法と思うのですが」

彼は狭い入り口の方に来て眼帯を外す。薄い灰色の目が露《あら》わになる。老人は機嫌悪げに唸《うな》った。それは、関の脅しが効いていたからでもあろうが。

やがて老人は菱田君の顔に手をやり、それから健助少年の目に同じくもう片方の手を置いた。ややあって軽く突き放す。それだけだ。我々にはわからない何かの力が働いた様子で、やがて少年はアッと声を上げた。父親が心配するように彼の肩に手を置いた。

「凄《すご》い、普通に見えるようになった」

菱田君は目を開けると、顔を顰《しか》めた。

「なるほど。ここ、空気がとても悪いですね。早く出ないと身体に良くありませんよ」

「もう、あなた方には心底ここに来て頂きたくないものですが」

老人はまた身を縮め、腰の曲がった振りに戻る。害のない古書店主の姿へと。だが、その本性を僕らは既に知っている。

「こちらも余計な欲は掻《か》かずにおきますよ。そのまま外へお出《い》でなさい」

どっとくたびれた、という様子で戸を指す。関が頷《うなず》くと、僕は挟んだままの下駄《げた》を抜いて、引き戸を大きく開けた。

いつの間にか、外は夕焼け空が静かに紫色に変わりつつある頃合いだった。南の空は薄く雲が棚引き、西を向けば夕日が眩《まぶ》しい。僕らは外に出る。いつかと同じように、古書店はすぐにただの民家へと姿を変える。健助少年は、わあ、綺麗《きれい》だ、と年相応のはしゃぎ方をしてから菱田君を見上げた。

「目は、大丈夫ですか」

「まだ慣れないけれど、まあ、大丈夫だろう。僕は見世物になる気はないしね」

菱田君も、西日が見えないような角度で少年に向き直る。

「あの古書店の中の本は全部偽物だけれど、世の中には驚くほど沢山の本があるんだ。

僕の目で、それを出来るだけ読んで貰えると嬉しい」

少年は頷く。何度も頷く。父親もどこまで理解しているのかは怪しいが、ともかく大きく頭を下げた。

この菱田君という青年は乗りやすく熱しやすい妙な男で、いざという時はどこか不気味ですらある、という感想は未《いま》だに変わらない。だが、それでも。

僕は、僕の作品をこの無鉄砲で何より書物を愛する青年に預けてあることは、望外の幸福であるとそう感じていた。

菱田君と親子が何やら会話を始めたので、僕はそっと離れ、民家の壁へと寄りかかっている関の元に近づく。

「何だ、上機嫌だな。大久保」

そう言う関は腕を組み、どこか難しい顔をしていた。

「それはそうだよ。万事上手《うま》くいったじゃないか。彼らも幸せそうだし、僕らも無事だ。祝杯を挙げよう。辛口の奴がいいな」

ころん、と御守りを鳴らしてみせる。小さく揺れる犬は、お役に立てましたか、と誇らしげな顔にも見えた。

「万事ねえ。結局妙な力が菱田の坊やには残ったじゃないか。本屋もどうも反省をしたとは言い難い。大体、あの坊やの暴走を抑えられたと言えるのかも少々怪しいな」

「それくらいはまあ、仕方がないだろう。最近はなかなか調子がいいじゃないか。煎餅《せんべい》屋も、ダンスホールも、無事片付いた。『帝都つくもがたり』はこの調子で読後感の良い方向で行こうよ。怖くない方で」

関は、はあ、と大きく息を吐いた。

「怪談記事が後味良くてどうする、というのはまあ置いておいてだ。君は鬱々《うつうつ》としていても心配だが、調子に乗ったら乗ったで何をやらかすか」

「何も調子に乗ったりはしていないさ。ただ、そうだな。君から貰ったあの御守りがいいのかも知れない。健助君のお墨付きだ」

鈴を鳴らして見せるが、関はあくまで辛辣《しんらつ》だ。僕の珍しい快調を祝そうという気はまるでないらしかった。

「安産祈願で浮かれる頭というのは何なんだ。俺は以前の君の件で思い知ったよ。御守りがあろうとなかろうと、危ないものは危ない」

「四谷の坂もか」

「あれが一番拙《まず》かったな」

彼はまだ明るく茜色《あかねいろ》の残る西の空を眺める。黄金に照らされた雲を見つめる。彼も眼鏡が必要な程度の近目ではあるが、光に弱い様子はない。だから、僕と関とは同じ色の空を眺めることが出来る。

「あの辺りの雲は、金色で見事だな」

呟《つぶや》いた僕の声に、関は異議を唱えた。

「金色か？　あれはどちらかと言えば灰色だろう。奴らの目の色に似ているな」

「それは、影の部分を見ているからそう感じるのだろうよ。光の当たっているところを見たまえ」

「それにしても金ではないだろう。君も愚者の金を拾う口か」

関は肩を竦《すく》め、大きく腕を伸ばした。浅草の街は夜になればなお賑《にぎ》やかだ。これからぐっと眩《まばゆ》く、絢爛《けんらん》と匂い立つ。僕に合う街ではないが、そういう光も悪くはない。

「俺はここらで帰るよ。サッサと休んで、明日《あした》記事を仕上げる」

そうしてくるりと背を向けた関に、僕は少しばかり水を差されたような気分になる。だが、去るものは仕方がないのでまた菱田君達の下に戻った。眼帯を掛けようとしていた彼は、ふと手を止め、僕に小声で話しかけた。

「大久保先生。確かに先生の背後には少し嫌なものがあるようです。僕は祓《はら》ったりは出来ませんが――」

「ああ、例の鏡のあれだよ。これはもう居なくなるまで付き合うしかないようだ」

そうでしょうね、と頷く彼は、どうも以前より浮世離れして見えるような気もした。

「それよりも、関さんが心配だな」

「関が？」

僕は突然の名前に目を瞬かせる。関信二という人間は、そういった凶兆と無縁の人間と思っていたが。

「鞄《かばん》の中に色々と持っているおかげで守られているようですが、やはりどこか妙なものが憑《つ》いている、ような気がします。大久保先生ほど強い感じは受けないので、すぐにどうこう、というものでもなさそうですが」

「僕も前に見ました」

健助少年が頷く。目を取り替えた今はもう何も見えないらしく、そのことは心底良かったと言わざるを得ない。

「あまりジロジロ見ても怒りそうな方ですから、先生の方でそれとなく気をつけてあげてくれませんか」

僕の『それとなく』は象に鳴子だらけの道を歩かせるが如き蛮行になりがちだ。あまり自信はないながらも承った。

からん、御守りの鈴が鳴る。僕はそれを懐に仕舞い込む。『良いもの』であると言われたこの土鈴のおかげで、僕は今回幾らか正気を保てていたような気がする。

もう一度、暮れゆく空を見る。茜色は菫《すみれ》の影に溶けながら、雲は未だ輝いていた。関が何と言おうと、僕はこの色を黄金であると信じたいと、そう思った。

姉と姪《めい》が我が家を訪ねてきたのは、僕が古書店騒ぎですっかりくたびれて、数日安らかに酒瓶と共に休養を取っていた時のことだ。

姉はまあ呆《あき》れたこと呆れたこと、と繰り返しながら空いた瓶を片付け、酒屋を呼んで全て綺麗にしてくれた。どうにか客人を呼べる体裁になったが、しばらくはもう客が来るような用件はいいな、と腕を伸ばす。僕は静寂を愛する。浅草くんだりにまで遊びに行くのは、精々良さそうな映画を観る時くらいでいい。見世物などなお気が乗らない。

「叔父《おじ》さん、その御守りがお気に入りなの」

お下げ髪で、よく似合う白い花の柄の銘仙を着た姪が、僕の文机《ふづくえ》の上にあの犬の土鈴が転がっているのを見つけてそんなことを言い出した。僕は姿見の前に置いたつもりであったので、少し首を傾げる。まあ、ここ数日はかなり飲んでいたから、無意識下で何か動かしたのであるかも知れない。

「まあ、良い物だと教えて貰《もら》ったからね」

「どこの神社で貰えるのかな。犬をお祀《まつ》りしているの？」

小さく花びらの描かれた丸い犬は今日ものんびりとした風情で転がっており愛らしい。少女が好むのはわかる気もした。安産祈願というのはまだ若い彼女には似つかわしくないと思えたため、口を噤《つぐ》んでおく。

「貰った奴に聞いてみるよ」

「お願い。そうだ、今日は怖い話はないの？」

僕は少し考える。あの古書店の話は、この本好きの姪には伏せておいた方が良かろうと直ぐに判断した。変に惹《ひ》かれ興味を持たれては敵《かな》わない。関の妙に慎重な言葉が気掛かりになっていたせいでもあろう。

「最近はあまりね。書く方が大変だ」

「そう。また雑誌を読むのが楽しみ」

純、あんまり翠におかしな話をしないでやって頂戴《ちょうだい》、と廊下の方から姉の声がするので、僕らは顔を見合わせて小さく笑った。僕の手が当たりでもしたのか、御守りがころん、と机上で微《かす》かに音を立てた。


何も障りも陰もない、穏やかで平凡な一日であった。僕の七月は概《おおむ》ねそのように過ぎていった。

関の記事も、僕の小説も滞りなく掲載され、健助少年はまた当たり前の学校生活に戻ったと聞いた。目については以前の『神眼』を知る周囲からはとやかく言われるかも知れぬが、菱田君が取り戻した彼の日常が平穏であることを祈る。

さて、僕らの身に大きく昏《くら》い嵐が起きたのはその後、茹《う》だるような暑さの八月に入ってすぐのことになる。

次は、その話を語ろう。

肆話　藤まとうひと

八月の半ば。青く晴れていた空を大きく湧き出した雲が覆い、雷鳴を呼び始めた。外の夕立が地面を叩《たた》きつける音。雨はまるで止む気配を見せなかった。

僕は酒を飲み干し、真夏というのに弱った鼠の如くカタカタと震えながら、ただひたすらにこう考えていた。

こんな筈《はず》ではなかった、僕が間違っていた、と。

誰も居ない。返事と言えるものは、ひとつも返っては来ない。

僕は身にそぐわぬ華やかな女物の長着を羽織り、ただただ震え続ける。

話はその一日前に遡《さかのぼ》る。僕と関は常の如く怪談記事『帝都つくもがたり』の取材に出かけ、幾ばくかの成果を得た。

ひとつここで主張しておきたいのは、僕らは何も毎度毎度恐るべき怪異に出遭い立ち向かう羽目になっている訳ではない、ということだ。僕らの記事は別段実録物という訳ではない。あくまで怪談を聞いて集め、それを記し、ついでに聞いている僕の情けない反応まで記事に入れ込んでしまおうという、そういう趣旨だ。よって、平和裏に短時間で済む取材の方が余程多く、行ってはみたものの期待外れに終わるような件も幾らもある。

その日の取材もそうだった。否、そうなる筈であったのだ。

僕らが訪ねたのは、上野《うえの》から池之端《いけのはた》に差し掛かる近辺の質屋で、花街《かがい》が近いせいか、狭い店内には質流れ品なのであろう妙に艶《つや》やかな装飾品の数々が飾られていた。梅の花の咲く枝を象《かたど》った銀メッキの簪《かんざし》やら、冬物を預けたまま流れたのであろう六花《りっか》模様の袷《あわせ》やら。店内も何やら微かに薄く、香のような甘い香りが漂っており、僕は、さてここで聞く怪談とはどのようなものなのであろうと恐ろしくも期待をそそられるような気持になっていた。関は特に普段と変わらず、その辺の指輪だのを勝手に触ろうとしては中年で髭《ひげ》の店主に止められたりなどしていた。何をしているのかと思う。

さて、本題の怪談だ。店主は語る前にこれをご覧下さい、と一枚の着物を取り出してきた。そうして勘定台の上に広げるとどかりと座る。僕らは小上がりに上がり込んで、品々の間に小さくなって座していた。

それは黒地に藤の蔓《つる》と花の柄を織り込んだ、どこか婀娜《あだ》っぽく粋《いき》な印象の銘仙で、あまり着込まれた印象はなかった。婦人に人気の銘仙といえども質は様々だが、その一枚はしっかりと織られた丈夫なものであるように窺《うかが》えた。場所柄の印象か、芸事を嗜《たしな》むような婦人の気の置けない普段着に似つかわしい。僕はそのような想像をしながら店主の話を聞くことにした。しかし、その話は僕の当初の予想を超えたものであった。

こちらの着物は、二度うちで引き取っておりまして、と店主は言う。質草《しちぐさ》として幾ばくかの金銭と引き換えに預けられ、季節が来ればまた元の持ち主に質請《しちう》けされて去り、そうしてまた季節が変われば預けられ——そういうごく当たり前の流れを僕は思い浮かべたが、どうも実際のところは異なっていたらしい。

一昨年《おととし》の秋口、最初にその銘仙の着物を持ち込んだのは、店主の知人である芸者であったという。初めは付き合いの座敷で会ったそうだが、質屋の場所を教えてからは折に触れて質草を持ち込んだり、また受け取ったりという縁が出来、その度に親しく話す程度の仲ではあった、という。

「名は……そうだな、仮に藤奴《ふじやっこ》としましょうか」

店主は藤の花房の柄にチラリと目をやる。色はまだ鮮やかで、よくよく見れば袖《そで》や裾《すそ》の仕付け糸まで残っている。着込まれた印象どころか、下ろす前の着物であったらしい。

「見ての通り、こいつは真新しい物で、藤奴が持ち込んできた時は勿体《もったい》ない、一度着てみりゃいいのに、なんて軽口を叩いた記憶があります」

その藤奴は困ったように笑ってこう言ったらしい。お得意様に頂いたのはいいけれど、あまりあたしの趣味ではないんですよ、と。

「まあ、こちらとしちゃ新品の方がいざという時に高く売れますからね。別にそれはどうでもいい。藤奴は気風《きっぷ》が良くて律儀な女でしたから、その時も少し色を付けて貸してやりましたとも」

それは良《い》いんです、と店主は言う。

「だが、結局藤奴はその着物を請け出しに来なかった」

冬が終わって春夏、単衣《ひとえ》の季節も過ぎた昨年の秋、やはり顔見知りの彼女の仕事仲間が、憂いを隠さぬ顔で現れた。そして、藤奴姐《ねえ》さん、病気で亡くなられたんですよ、と告げたのだ。暫《しばら》く寝付いていたせいで、金を返しに来ることも出来なかったらしい。

「こちらは花吉《はなきち》とでもしましょうか。まあ驚きはしましたが、私もそれなりの年ですしね。馴染《なじ》みというほど親しく行き交っていたわけでもなし。そういうこともあろうというのが、実際に思ったことでした。線香だけは上げさせて貰いましたが」

そうして、藤奴が預けていた質草の類《たぐい》は幾らかは形見として仲間内で請け出すが、残りはそのまま流してしまって欲しい、とだけ伝えて去った。後に花吉が持っていった衣類の中には、例の藤の銘仙が含まれていた、ということだ。

それだけであればひとりの女の哀話で終わりである。しかしこれは怪談で、しかもこの銘仙は再び質屋へと舞い戻っているのだ。

「それから、つい先頃ですよ。またこの銘仙がうちに帰ってきた」

さらに別の、まだ半玉《はんぎょく》の若い娘が、心なしか顔を青ざめさせながら見覚えのある藤の柄の、まだ仕付け糸の残る銘仙を持ち込んできたのだという。他に質草はなかった。この着物だけを手放したいと、何かに怯《おび》えたような様子の娘は言う。何となく気にかかった店主は、それとなく話を聞いてみた。

するると、この着物は花吉から転々と、誰にも袖を通されぬままに池之端の芸者の間を巡っていたのだという。そうして、その持ち主は——全て短い間のうちに、命を落としていた。当然、二番目の持ち主である花吉もだ。

僕は聞きながら、軽く眉《まゆ》を顰《ひそ》める。

「最初の藤奴から辿《たど》って、五人は死んでいるのじゃないですかね。この銘仙はどうも、そういう……不幸やら呪いやらを呼ぶ物なのではないかと思えてなりません」

「なるほど、偶然にしては多いようですな」

文字が掠《かす》れてきたのか、関が行儀悪く鉛筆を舐《な》める。

「因《ちな》みに、この着物自体に毒か何かが仕込まれていたり、というのはないのですかね。そのせいで皆死んだ」

「関、君は探偵小説の読み過ぎじゃないのか」

僕が呆《あき》れて窘《たしな》めるが、関は知らぬ顔だ。着物の呪いだのよりは、その方があり得る話ではないか、などと言い出す。怪談記事を書くつもりがあるのかないのか、まるで好《い》い加減である。

「流石に調べましたとも。別段、針が隠してあるとか、布に何か異常があるとかは何も。最後にまたうちに持ち込んだ娘も、自分にも何かありはしないかと随分と怖がっていましたが、その後はどうなったことやら。もしあの娘が六人目になるかもしれないと思うと、どうも気味が悪い……ああ」

もうひとつ、気味が悪いことがあった、と店主は思い出したように嫌な顔をした。

「置屋《おきや》の女将《おかみ》が後で聞かせてくれた話ですよ。四人目だったか、五人目だったかの持ち主は死ぬ間際、暫くおかしかったとか。まるで人が変わったようなことを言っていたらしいのです。よく機嫌を悪くしたり、話すことがくるくると変わる、などと」

この銘仙について、他に何かご存じですかと言われても、何も知りませんね。私が話せるのはこれくらいです。店主は首を振り、この着物は近く焚《た》き上げにでも持って行くつもりです、自分には今のところ何も異変はありませんが、これ以上死人が増えるのは寝覚めが良くない、と締め括《くく》った。

「なるほど、死を呼ぶ銘仙。悪くないですな」

関は飽くまで薄情な頷《うなず》き方をする。それから、僕の方を見て怪訝《けげん》な顔をした。

「おい大久保、怖がらないのか」

「何？」

「怖がり役が恐怖しなくてどうする。呪いかも知れんのだぞ。適度に良い反応をくれよ。酒を入れてでも来たのか」

どうも忘れていたが、そうだ。僕はそういう体《てい》でこの男に連れ歩かれているのだ。何とも癪《しゃく》な役回りではあるが。しかし今回、僕の恐怖心はあまりピンと来ていなかった。

「酒は飲んでから来たが、そうは言われても今回は恐ろしいという感じはしないな。幽霊が出たという話でもなし、詳細はよくわからない」

死んだ女の霊が次の持ち主の枕元にでも出るのであればもう少々肝も冷えるが、結局何が起こっているのかはわからない。自分の身にも何か起こるかも知れぬ、という連想も働きづらい。怖いは怖いが遠い国の伝染病の如き怖さであり、恐れ戦《おのの》き絶叫す、などという気持ちはあまり持てなかった。

「参ったな」

関もどうやら似たような感想を抱いていたらしい。まあ適当にどうにかするか、と至極胡乱《うろん》なことを呟《つぶや》くと、店主に愛想笑いを浮かべてみせた。

「いや、有り難うございました。大変興味深い。参考にさせて頂きますよ」

店主はまだ暗い気持ちでいるのか、薄く笑うだけであの銘仙を綺麗《きれい》に畳み、勘定台の上にそっと置いた。

店を出ると外は夕暮れに近く、風も吹いて真昼の輝くような光の色はやや陰っていた。夕涼みの散歩に繰り出す人々の合間に佇《たたず》み、僕は腕を回してごきりと音を立てた。話を聞いて草臥《くたび》れたのであろう。行きにも持っていたはずの鞄《かばん》が重たい。

「さて。行くのか、関」

「行く？」

関は帽子を被《かぶ》り直すと、反対に僕に対して聞き返してきた。

「その芸者の置屋だとか、最後に着物を持ち込んできた娘のところだとか、君ならばそういうところに話を聞きに行くのじゃないか、と思ったんだが」

「ああ、そういうことか」

関は少しだけ考え、眩《まぶ》しい西日を避けるように上野の駅の方向に歩き出した。上野に来たのは以前、秋にある霊能者を訪ねた時以来になる。あの時も人は多く、関はせかせかと歩いてその合間を縫って行ったものだ。

「まあ、話を聞くとしてもこの時間じゃあな。一番忙しい頃合いだろうよ」

「それはそうか」

どこもかしこも、座敷の支度だの移動だので大わらわであろう。突然現れた怪しい男ふたりなど、追い返されるのが落ちだ。僕は相変わらず古ぼけたハンケチで汗を拭《ぬぐ》っている関を追い、駅への道を辿ることとした。

「すると、またこの辺りまで来ることになるなあ」

どうせそうなる。関はしつこい男であるから、早ければ今週中にどうにか予定を空けろと命じてくるであろう。悪いことに、僕の如き大して売れてもおらぬ作家の、大抵の日の予定は空白である。それならば機先を制してこちらから話を持ち掛けた方が幾らかは気も楽であろうと、そういう考えであった。

だが、関は何か地面に落ちて潰《つぶ》れた柿でも見たような、嫌な顔をした。

「君は、どうも怖がらないな」

「何？」

先だっても言われたことだ。僕の恐怖癖は津々浦々に広く知られており、その為にこの関信二に引っ張り出されて怪談集めに奔走する羽目になっているのだ。生まれ持った人格の一側面でもあるが、それでも克服できるのであればそれに越したことはなかろう。あれだけ沢山の恐怖に出遭っていながらも矯正が可能であったのだと、何か偉い人から褒められてもいい筈《はず》のところだ。

「別に悪いことではなかろうよ。夏場は少し精神の余裕が出るんだ。今回の話がそれほど恐ろしくはなかったのは、君も認めるところだろう」

「悪いさ。君がそうそう怪異に慣れられちゃ困る。精々臆病《おくびょう》のままでいろ」

関は相変わらず渋面だ。汗が眼鏡の蔓《つる》のところに垂れたのか、煩わしげに指で拭う。

「そうでなきゃ、別に俺独りでやったっていい仕事なんだからな」

その時、僕は彼の指が、僕の神経の些《いささ》か微妙な部分をついと撫《な》でたように感じた。その感触は、みるみるうちに全身に苦みとして広がり、応《こた》えるように強《こわ》ばった声が僕の喉《のど》から這《は》い出てくる。

「ああ、まあそれは、驚き役が何も言わなければ面白みはないからな」

ジジジ、とどこかの木で蟬が苦しげに音を立てた。

「何だ、機嫌でも悪いのか、大久保先生は」

　僕は恐らく酷《ひど》い顔をしていたのだろう。関は驚いた様子で目をぱちぱちとさせた。機嫌というよりは、巡り合わせが悪かったのかも知れない。日は傾き、風もあった。それでも、茹《う》だるような暑さはまだ残る。僕は不思議な程に、ざらざらとした苛立《いらだ》ちが心を急《せ》かすような気持ちを覚えていた。

「そんなことはない。ただ――」

　ただ、何だ。一瞬だけ逡巡《しゅんじゅん》があった。だが、僕はこう言ってしまった。

「それなら、君が独りで取材をするといいじゃないか。証文の話だってもうネタは割れているし、僕はお役御免だ。楽になるよ」

　関は細い目を丸くし、暫《しばら》く何も言わなかった。僕は肩を怒らせ、そのまま大股《おおまた》に歩み去る。せかせかと歩く関を追って行くのが常日頃の僕であったが、いざ本気の早足になれば上背がある分僕の方が速い。全速で走ってでも来ない限りは、引き離せるはずであった。

　関は追っては来なかった。僕は独りで電車に乗り、独りで飯田橋《いいだばし》の駅で降り、独りで牛込の我が家へと帰った。

　帰って電気を点《つ》けると、酒瓶のまた増えつつある部屋の隅に鞄と腰とを下ろし、暫《しば》し僕は俯《うつむ》く。辺りはもうずんと暗くなっていた。視界の端に、布の掛けられた姿見と、その前に置き放していた小さな犬の形の土鈴が映る。今日は持って行きそびれていたな、と思い出した。そうして、僕は膝《ひざ》に顔を埋《うず》めた。

何のことはない。僕は、僕らの記事が、『帝都つくもがたり』が関信二と大久保純、僕ら二人のものであるとそう言って貰《もら》いたかったのだ。何かと面倒や危険の多い仕事だが、僕が多少は怪異に慣れれば、少しは関の取材に貢献できるのではないかとそう考えていたのだ。例えばダンスホールの時のように。そうしてここ暫く良い結果が続いていたから、これからも同じように出来るのではないかと、そう楽観していたのだ。

僕の舞い上がった気持ちが関にとっては裏目に出ていたと、そのことには何も気が付かなかった。

僕はゆるゆると立ち上がって、自分自身の愚かさと関への憤懣《ふんまん》で一杯になりながら、その辺の瓶からグラスに酒を注ぎ、浴びるように飲んだ。二杯、三杯、続けて飲んで、そうして噎《む》せて咳《せき》をして、畳を軽く拳《こぶし》で叩《たた》いて、思いもよらぬ自分の中の怒りに自分で驚き、落ち着くためにまた飲んだ。これでもここ暫くは酒量も減っていた筈なのだが、今回ばかりは飲まずにはいられなかった。——座敷では涼しい顔をしていましたけれども、あたしは元々量を飲める方ではなかったので、しつこい客が居ると後でよく気持ち悪くなって水ばかり飲んでいたものです。そんな風ではやっていけないよと厳しく言う姐《ねえ》さんも居れば、あんたはそれでいい、無理強いをする方が悪いのだから、撥《は》ね返してやればいいと言う姐さんも居て、一体どちらに従えばいいのか、あたしはわからなかった。結局、芸だけを売ってやっていけるような立場では居られなかったのですけれど。

それが何よりの心残り。

　からん、と小さな鈴の音。

　僕はハッと顔を上げた。酒が過ぎたのか、妙な夢を見ていたような気がする。ボンヤリと重い頭を振る。もう一度、ころん、と音がした。

　姿見の前の棚から、あの犬の土鈴が畳の上に落ちて転がっていた。健助少年と菱田君お墨付きの御守りだ。僕が酔って棚を揺らしでもしたのかも知れない。腰を下ろしたまま、拾ってやろうと手を伸ばした。

　御守りは、僕の手を避けるようにひとりでにころころと転がった。

　手入れの悪い古い家だが、床が傾くほど駄目になってはいないはずだ。どういうことかと摘《つま》み上げようとする。御守りはころころと逃げる。逃げるたびに鈴が気持ちの良い音を立てる。終《しま》いには勝手に起き上がって、ころりん、とひとつ震えた。

　僕は目を見張りながらその様を見ていた。犬は相変わらず惚《とぼ》けた可愛らしい顔でこちらを見上げているように見えた。わん、と吠《ほ》える代わりのように、ころん、と音を立てる。ちんまりと申し訳程度にある小さな足を動かすことは出来ないようだが、全身でちょいちょいと跳ねるような動きで僕の方に近づく。そうして、畳の上に置かれていた僕の右手に焼き物のひんやりした感触が触れた。

　本物の犬であったら、甘く鼻を鳴らして擦り寄っていたような優しい動きであった。何も言わぬ相手であったが、確かに親愛の情を僕は感じた。良い物であると先に聞いていたせいもあるであろうし、しこたま飲んでいたからかも知れない。関には嫌な顔をされたが、怪異への慣れもあるだろう。僕はこの御守りが突然動き出すという現象を、それほど恐れずに受け入れようとしていた。

「……何だ。お前は何か言いたいのか」

からん、と音はしたが、何か主張があるというよりは首を傾げるような動きにも見えた。どちらなのかは良くわからない。僕は御守りの吊《つ》り紐《ひも》を持って、犬を摘み上げた。

今度は犬は逃げなかった。

「悪さはするなよ」

ころん。今度は不思議と、それはもう、勿論《もちろん》ですともと頷《うなず》いたように感じる。どうにも愛嬌《あいきょう》のある、姪《めい》などが見れば喜んで可愛がるであろう様であった。僕の少々ささくれていた精神も、どこか癒えていくような気すらした。関はこれも、妙に馴《な》れ合うなと嫌がるだろうか。

「関、か」

関にもう一度話をしてみようか、とその時漸《よう》く僕は思えるようになっていた。喧嘩《けんか》をするにしても、直に言い合った方が互いの為であろう。学生時代はそれなりにやり合い、よく僕が負けた。負け続けても付き合いは続いた程度の仲だ。あの別れ方は、良くない。

古書店の時といい、この犬の鈴の音《ね》は、僕の頭に冷静さを取り戻してくれるような気がしていた。

どうしてまたあのような感情任せのことを言ってしまったろうか、と僕は考えながら、また酒のせいか頭がボンヤリと重くなってくるのを感じた。まあ、今日は夜も遅い。明日だ。関がまた突然来るかも知れぬし、電報でも打ってやってもいい。何なら、滅多にないことだが僕から訪ねたっていいのだ。どうにかなる。僕は御守りを元の場所に置くと、敷いたままの布団にごろりと寝転がり、電気を消した。

どうにもなりやしませんよ。

頭の中で誰かの声が聞こえたような気持ちがした。小さく鈴の音もした。だが、僕はそのどちらも気に留めぬまま、静かに眠りに落ちていった。

三味線はそうでもないが声がいい、というのがあたしの良く褒められたところで——半分褒めてはいませんけれど、でもまあ、喜んで頂けるのは有り難いこと。

どういうわけかはわかりませんけれど、他所《よそ》の国のお方に受けることが多くて、異人好み、なんて仲間内じゃ言われておりましたっけ。外国の方はなかなか馴染《なじ》みになっちゃくれませんし、もしなっても大抵は何年かで国に戻られてしまいますから、大して太いお客というわけでもなかったのですけどね。だからそのあだ名にも、それ程やっかみの気持ちは無かったように思います。

あなたのそれよ、その気が強くて、早口でわっとまくし立てる癖がきっと良いのよ、なんて言われたこともありましたっけ。昔は喋《しゃべ》り過ぎだとよく叱られたものを、ちょっとあちらの奥様お嬢様方を思い出させるのじゃないかって。どうでしょうね。

兎《と》も角《かく》、あたしはお仕事が好きでした。そりゃあ嫌なことは幾らでもありましたし、半ば売られたような身でしたけれど、それでも自分に出来ることがある、人に喜んで頂けるのは、本当に何物にも代え難いことです。

異人好みのお陰かどうか、あたしはどうにか身を売るような真似はせずにしゃんと暮らしていけておりましたし、好きなお酒を沢山頂けるのも毎日の楽しみでしたね。勿論、酔って詰まらぬ失敗などはしませんでしたよ。飲むほどに声が冴《さ》えるというのがあたしの売りでございましたし。だから、せめてもう少し唄《うた》を磨いてから――。

ころん、と鈴の音。

僕はいつの間にか布団から起き上がって、正座をしていたことに気づいた。酒を飲んだまま寝たせいか頭が重く、ボンヤリと思考が濁っている。障子の向こうは明るく、時計を見れば昼に近い時間だ。

気づけば手元には小さな犬の御守りが転がっている。そう言えば昨日のあの怪異は夢か幻か、と漸く思い出した途端に犬は転がって起き上がり、僕の手にこつりと触れた。

夢でも幻でもなかったらしい。

何かしなければならないことがあったように思うが、僕はまだ脳髄の中身が冴えない。目を擦《こす》り、鏡を見るのは気は進まないが、洗面所で顔でも洗うかと立ち上がろうとした。

さらり、と女の囁《ささや》くような衣擦《きぬず》れの音と、何か肩に軽い感触がして、汗で湿った布団の上に布のような物が滑り落ちた。

黒地に藤の花の柄の、銘仙の着物だった。

僕は流石にギョッとした。前の日に確かに上野の質屋で見た物だ。去り際に確かに店主が畳んでいたのを覚えている。それがどうして僕の手元にあるのか、まるで記憶になかった。しかも、酔っていたせいかどうか、僕はこの着物を羽織って寝ていたものらしい。お陰で妙な夢を見た気がした。

眉間《みけん》を揺む。普段なら迎え酒といくところだが、流石にこれは僕も已に呆《あき》れるばかりだ。水がいい。夏のぬるまった水を胃の腑《ふ》に流し込んで幾らかでも醒《さ》めよう、とふらふら立ち上がる。

お水は引き上げた後にたんと飲むといいわ、次の日が違うから、と姐さんに聞かされたのは、一等最初のお仕事の時でしたっけ。

からん。僕はいつの間にか手に持っていた御守りを揺らす。熱を持ったような頭の中には、涼しい音がせめてもの助けだった。姐さん、というのは誰だったか。よく覚えていない。僕には近くに住む実の姉が居るが、酒についてはロうるさく止めてくる方だ。

いつの間にか洗面所に居た僕は、あまり美味《うま》くはない水で口をすすぎ、とりあえず二杯ほどを飲んだ。幸い、鏡はおかしなものを映すことはなく、少々隈《くま》の出来た憔悴《しょうすい》した様子の僕だけが居た。安心して髭《ひげ》を当たり、少しばかり精神も落ち着いたように思う。

何だか早くしなければならないことがあったようだが、何だったか、とまた首を捻《ひね》った。まだお座敷には早い時間ですし、原稿の締切は少し先だ。本当なら唄の稽古《けいこ》にでも精を出すところですけれど、あたしは稽古稽古の毎日が嫌で嫌で。早く良い旦那《だんな》が出来て、身請《みう》けでもして頂ければいいのにと、そればかり考えておりました。だから、お客に媚《こ》びることなんて、何も嫌ではなかった。

ころん。

僕は鏡と睨《にら》み合いをしながら、滝のように汗を流していた。肩口にはあの銘仙が縋《すが》るように引っ掛かっており、ずるりと床に落ちた。落ちた先には犬の御守りが落ちて転がっており、何をするのですかとでも言いたげにもぞもぞともがいて布の海から脱出を試みていた。僕はそれをチラリと見ると、すぐに大量の水を出して顔を水浸しにした。乱暴に拭《ふ》いて、髪をぐしゃぐしゃに掻《か》き毟《むし》る。そうしてどうにか抜け出して安堵《あんど》しているような顔の犬を、また摑《つか》み上げて拾った。

今のは何だ。

僕は漸く異変に気付いた。起きながら夢の中に居るような気分であったが、それ自体がどこかおかしい。昨夜からそうだった。思考に僕でない者の記憶が混ざる。しかも、女の記憶だ。からん、からん、と鈴の音がする。この音がどうにか本来の僕を繋《つな》ぎ止めてくれているようだった。出来る限り手元に置かねばならない、とそう感じた。

あの銘仙の呪いだろうか、と僕は思う。死んだ藤奴だかの霊が着物に取り憑《つ》いているのかも知れない。廊下を急いで渡ってまた部屋に戻り、今日は何かをしようと思っていたのだが、思い出せない。あの人は昨日呼んでくれたから、きっと暫くは会えない。おかしいこと。お金持ちの良い旦那が目当てだった筈《はず》なのに、あの人は若いだけで大して稼いでもいなくて、それでも会うだけで気持ちが浮き立つようだった。あちらがどう思ってくれているのかはまるでわかりませんから、そうね。それだけは知りたかったわ。でも、もう仕方のないこと。

からりころ、と鈴が鳴ったのと、僕が自分で自分の頬を張ったのは同時だった。おかしい。いけない。どうにかしなくてはならない。このままでは自分が乗っ取られでもしてしまう、というような恐怖だけが心中にあった。犬は歪《ゆが》んだ絵付けの黒い目でこちらを見上げ、ころころと何度も音を鳴らしている。それだけが救いだ。また肩にかかっていた銘仙を床に投げ捨てる。

この着物が問題であることは疑いない。どうにか処分するかして僕から離さねばならない。いっそ庭で燃やしそれはまあ色々ありましたけれど、あたしは割り切ってお仕事と自分の身のことは分けて考えていましたよ。着物だけは好きで好きで、どちらにも掛かっておりましたけどね。着道楽とよく笑われました。

ころん、ころろん、ころん。僕は銘仙にくるまって、小さくなっている自分を見つける。拙《まず》い。この前に考えていたことは——着物の処分だ。燃やそうと思った途端に何かが割り込んできた。これまでよりずっと強い力を感じた。思えば昨日の質屋の主人も焚《た》き上げする旨を口にしていたようだ。その矢先にこれだ。着物がどうにかして逃れようと偶々《たまたま》居た僕に取り憑き、どうにかして鞄《かばん》に忍び込んで家までやって来た、そういうことであるような気がしてきた。

銘仙を脱いで放り投げる。着物は壁にぶつかり、くたくたと畳に崩れ落ちる。ひとりでに動く様子はないので、あれは僕をどうにかして操ってでもいるのだろうか。

以前の鏡の中の怪異のように。

僕は真夏の暑さも外から引っ切り無しに聞こえる蟬の声も、未《いま》だ思い出せない用事も全て忘れ、ぞっと総身が凍えるような気持ちを味わった。

着物の持ち主達は皆命を落としたと聞いた。死ぬ間際におかしなことを言い出していたとも聞いた。あれは僕が先ほど味わったような、記憶の混濁の為であったのかも知れない。僕は再び怪異に憑かれ取り殺されようとでもしているのか。

御守りの紐《ひも》を握り、着物から出来る限り離れて部屋の隅に座る。目を離すのは怖い。他の部屋や外に逃げるのは、まずは避けようと思った。誰か人が訪ねて来て、この惨状か或《あ》るいは僕がおかしくなっているところを見れば助けて貰《もら》えるかも知れない。出来れば怪異についてある程度慣れている人間がいい。

関。やっと僕は彼の名を思い浮かべる。そうだ、関がいつものように遠慮なくうちにやって来て、また上野に行こうと誘いに来てくれれば——。

愕然《がくぜん》とする。僕はまさに昨日彼に腹を立て、子供じみた言葉を投げつけたのだった。

もしかすると、愛想を尽かしてでもいるかも知れない。そうでなくとも、昨日の今日ですぐに訪ねてくるかというと怪しい。彼も多忙な記者の身だ。『帝都つくもがたり』以外にも書くべき記事は色々とあろう。

そこまで震えながら考えて、まさか、と思った。

僕は床に力なく広がったままの着物を見る。あの着物は僕を操っていたようだ。心に侵入し、知らぬ記憶を見せる。死んだ芸者はよく機嫌を悪くしていたという話があった。それも、同じく着物の影響であるかもしれない、と思い至ったのだ。情緒の安定には乏しい僕ではあるが、日頃相手の一言程度でいちいち怒りを暴発させるかというと、少々疑問だ。相手が遠慮の要らぬ関とはいえ、どちらかと言えば怒りの感情は溜《た》め込んで、内心で愚痴愚痴と文句を繰り返すだけの意気地のない人間が僕だ。あの発露の仕方は、どうにも納得がいかなかった。

あの時から、僕は既に藤の銘仙に憑かれていたのかも知れない。だとすれば、店主と関の目を盗んで鞄に着物を詰め込んだのは僕自身ということになる。

情けなさでどうにかなりそうであった。事情があるとは言え僕は既に盗人《ぬすっと》で、しかもこれから取り殺されようとしている。折角の友人とは喧嘩《けんか》別れで、まだ書くつもりの話もある。関と出掛けるようになってからは随分と刺激があった。それは勿論《もちろん》、彼との仕事は恐怖も危機も多く、今回とて取材のせいで死にかけているのであるが。

それでも、関に会いたかった。彼ならばこの着物を引っ剝《ぱ》がして乱暴に燃やしでも細切れにでもなんて、そんなことはさせやしませんけれども。これはあたしの着物です。姐《ねえ》さんが困った顔で見せてくれてから、ずっと良いと思っていたのに、何なら頂戴《ちょうだい》よって言ったのに、気がついたら質屋になんて持って行かれて。そんなの酷《ひど》い。ずっとずっと着たかった。仕事に着ていくにはもうひとつ華がないけれど、普段に楽に着る分には丁度良い。亡くなった姐さんには気の毒だけれど、漸《ようや》く手に入れたと思いました。だから、藤の柄の季節になったら必ずこれを、と。まさか自分まで倒れるなんてついぞ思わなかった。それが、あたしの。

からん、ころろん、からん、かろん、ころん。

僕の手元で、犬がしきりに暴れていた。鈴の音はいっそ喧《やかま》しい程で、しかし僕の意識は再び元の僕に戻る。

今のは誰だ。僕はぞっとしながら考える。恐ろしく強い意志のようなものを感じる記憶だった。思えば、僕の感じた記憶は皆どこかちぐはぐだ。どれも芸者をしていた女性のものであるようだが、酒が飲めたり飲めなかったり、芸に邁進《まいしん》していたり、色に落ちたり。職業に誇りを持っている者も、そうでない者もいるように思えた。一人ではない。複数の人間の継ぎ接《は》ぎの記憶を、僕は順繰りに体感しているように思えた。

外では夕立が激しく音を立てている。

死んだ芸者は五人。うち三人は良く知らない。最初に着物を持ち込んで死んだのが、仮名では藤奴。その着物を請け出して二番目に死んだのが、仮名が花吉。

彼女らの記憶は、不思議と思い出すのは容易《たやす》かった。最初の酒に弱いの、次の唄《うた》が得意なの、三番目の想い人が居た様子なの、そして今の着道楽の芸者。

最後のは、着物を請け出していった花吉だろうか、と何となく見当がついた。彼女の語っていた、姐さんというのが藤奴であるような気がする。そうすると、僕の前に現れたのは死んだ順番の逆順であるのだろうか。となると、次が藤奴で、その後は。

その後、僕はどうなる。

身体が自然にカタカタと震える。鈴は暫《しばら》く一緒に震えて鳴っていた。こればかりが頼りだ。他には誰も居ない。関も来てはくれない。菱田君だってきっと訪ねてくるのはまだ先だ。怖い。怖い。怖い。憎い、憎い、憎い。

憎い。あたしが着られなかった着物、勝手に着る奴が憎い。あたしにくれなかった姐さんが憎い。どうして？　あれはあたしの物よ。生かしてはおけない。嫌。嫌。嫌。

殺してやる。

からん。

こんな筈ではなかった。少しは恐怖に慣れたなどと一度でも考えた、僕が間違っていた。鋭い殺意に心を刺され続けながら、僕は震え続ける。鈴は一度小さく鳴って僕を正気に戻してくれた後、手からすり抜けるようにころりと畳に転がり、それきりだ。相手の手強《てごわ》さに力尽き、もはや動けなくなってしまったのだろうか。

この殺意に晒《さら》されて、持ち主達は皆死んだのだと思った。心を病めば身も病む。それとも、自死を選んだ女も居たかも知れない。僕もそうなるのだろうか。折角だ。折角一度助けられたのに、僕はまた繰り返す。関は呆《あき》れるだろうか。自分の無力を感じるだろうか。謝ることも出来ないで、僕は約束を破ろうとしている。彼の葬式の後まで生きると、そう言ったはずであるのに。

自死、か。

僕はふと、敢《あ》えて鏡を見たいという誘惑に駆られた。心臓と脳が、ひりひりと何か酸にでも浸されたかのように痛い。あの中に自ら首を括《くく》りでもする僕が映っているのであれば、それに従えば、この灼《や》けるような苦しみからは解放されるのではないか、と思ってしまったのだ。

僕は手を伸ばす。前門の虎後門の狼、といった状況であることは認識をしていたが、他に救いの当てはなかった。

布の掛かった姿見に、僕は手を掛けた。

だって仕方がないじゃありませんか。あたしには他に何もないんです。お座敷だって好きでやっていた訳でもなし、ひとつこれと決めた芸がある訳でもない、花を売るのなんて嫌で嫌で堪《たま》らなかった。ただ、そうすれば三味線弾いて唄をやるだけよりもお金が貰えて、綺麗《きれい》な着物が手に入った、それだけ。若く先がある訳でもなければ、姐さんみたいに慕われてもいない。もうどうしようもなかった。でも、あの藤の着物を着るのだけはずっと楽しみだったの。それを、あたしが死んだからって盗《と》ってしまうのね。

嫌よ。許さない。あなたもあたしが――。

からん、ころん！

僕はハッと振り返った。一際大きな鈴の音が耳元で聞こえた気がした。一瞬見えたものは、きっと幻だったろう。僕の背に、愛嬌《あいきょう》のある顔をした垂れ耳で巻き尾の大きな犬が躍り掛かった。首には赤い飾り紐。腰の辺りには、どういう訳か梅のような花びら模様が舞っている。あの犬と同じ――いや、あの犬だ、と思った。

大丈夫。御守り致します。そう声がしたような気がした。

それは僕を軽く突き飛ばすが、狙いは僕ではない。またいつの間にか肩に掛かっていた黒い藤の柄の銘仙で、ふわりと落ちかけたそれを口に咥《くわ》え、大きく振り回す。

ころろ、ろん。

今度は震えるように鈴が鳴った。それと共に、何か微《かす》かに罅《ひび》が入る音がした。僕は軽くつんのめった体勢を立て直す。大きな犬はもうどこにも居ない。着物がはさりと畳の上に落ちる。僕は呆然《ぼうぜん》としてそれを見ている。

刺すような苦しみは、どこかに消えていた。

荒くなっていた呼吸を整えようと大きく息を吐くと、そのまま脚の力まで抜けそうになり、僕は蹌踉《よろ》めいた。また吸うと、夕立の湿った匂いが人心地を取り戻してくれた。落ちた着物の柔らかな絹地の陰に、微かに小さな膨らみが見えた。僕は思いきって布を捲《まく》る。下にはあの犬の御守りが転がっている。

取り上げてやると、御守りの胴体の真ん中には無残な罅割れが出来ていた。割れてしまう程ではないが、揺らすと鈴の響きが弱い。

想像はついた。先の幻だ。この犬は、精一杯の力を使って僕を守ってくれた。そうして、自分が大きく傷ついたのだ。俄《にわか》には信じ難い話ではあるが、そう思う他ない。

犬は、もはや動かない。これまでの不思議と健やかな様子とは、明らかに違っていた。

僕は息を大きく吐く。

短い間だったが、僕は何よりもこれを頼りにしていた。愛らしい仕草に救われてすらあった。女の気配はないから、退散せしめるのに成功したのであろう。代わりに、犬は先程までのようには動けなくなってしまった。

僕は、何も出来ていないな、と思った。助けられてばかりだ。泣けるほど情けない気持ちと、感謝とが泥と水のように入り混じった。犬は、苦しかったろうか。

せめて、と僕は御守りを拾い上げ、いつもの姿見の前に置いてやった。それから、やはり関に会いに行こうとそう思った。まずは謝罪だ。それに、この着物の件をどうにかしないといけない。御守りの礼も必要であるし、急に動き出した不思議についての詳細も聞きたい。この御守りは、一体どういう由縁のものであるのか、といったことが知りたかった。

その時だ。あの、と頭の中で声がした。これまでの独白とはまるで異なる、僕に語り掛けるような話し方だった。

『あのぅ、あたしはただ誰かに着て貰《もら》いたかっただけなんです、信じて下さいませんか』

僕は自分の肩を見る。藤の銘仙が掛かっている。血の気が引く。そうだ、まだひとり残っていた。最初に死んだ芸者――仮名で言うところの、藤奴が。

『いえ、あたしには名前は御座いません』

僕の思考に応《こた》えるようにして、声はそう言った。

『ただの長着で御座います。少しばかり話すだけの。最初の持ち主の方は、ただあまりにお疲れでお亡くなりになってしまったようですね。ここにはいらっしゃいません』

藤奴ではない、との話に僕は少々狼狽《うろた》えた。死んだ持ち主の霊が着物に憑いて、僕に危害を加えようとしたのだと、そしてその中には当然最初の持ち主も含まれているのだろうと、僕は信じ込んでいたのだ。ましてや、着物本体に話しかけられるとは思ってもみなかった。

『それは悲しいことですし、あたしを気に入っては下さらなかったのが辛《つら》かった。あんまり辛くて、いつの間にかあたしはこうして人のように物を考えるようになってしまったようです』

着物は滔々《とうとう》と語り出す。それは至極落ち着いた調子で、僕の思考や行動を邪魔するような様子はない。よって僕はまず、じっと聞き入ることにした。何かあれば、すぐに着物を払い落とすつもりであった。

『ええ、本当にどなたかに危害を加えるつもりはないのです。最初は辛い辛いとそれだけだった。あの質屋の棚の中で、いずれはどなたかに買って貰えるだろうと微睡《まどろ》むばかりでした。実際、二番目の持ち主の方には気に入って頂けたようですしね。ただ、少しばかり気に入られ過ぎました』

花吉のことだ。先のあの恐ろしい様子を思い出し、僕は着物を羽織ったまま身震いをした。

『あの方、藤の季節の前に風邪を拗《こじ》らせて亡くなられて、あんまり悔しかったのでしょうね。あたしを着る奴が憎い、と念を残して去っていかれた。そのお陰で、着られたい、と着られたくない、が変に混じってしまって——人様にご迷惑をお掛けしてしまった』

「つまり……あの怪現象は、お前が人に着られたいと寄ってくるが、憑いた持ち主が着られたくないとその人を殺していたと、そういうことなのか」

僕は初めて声を出して着物に話し掛けた。何とも迷惑甚だしい。殺され掛けた身としては身の毛もよだつような話であった。だが、声は真剣な様子でもある。僕は、僕が巻き込まれたこの事態について知りたい、と思った。

『その通りで御座います。他の方のご不幸は、全部あたしのせいです。これまで亡くなった方々の念にずっと憑《つ》かれて狂っておりましたけれど、お犬様が纏《まと》めて先程祓《はら》って下さったように思います』

やはりあの犬のお陰で僕は命を拾ったらしい。僕は転がったままの御守りを見つめる。

感謝してもしきれないと思ったが、土鈴では何を返せばいいのか、何もわからない。

『あたしの本来のお願いはただひとつ、一度でいいからきちんと誰かにあたしを纏って喜んで頂きたい。それだけです』

着物はそう続ける。健気《けなげ》には聞こえるが、物とはそういうものなのだろうか。

『遠くの工場《こうば》であたしを織った娘さんが、そういう願いを込めておりましたから。それだけなんです。後はもう、燃やされようが捨てられようが、何でも構いやしませんとも』

そこまで聞いたところで、遠くで戸を叩《たた》く音がした。僕の意識は鈴の音もなしに、すぐに現実へと戻った。先ほどまでのような苦しみや恐怖は少しもなかった。僕は少々迷ってから玄関の方へと向かおうとする。

すると、今度は庭先、障子の向こうで若い少女の声がした。

「叔父《おじ》さん、居る？　今入っても平気？」

姪《めい》の翠の声だった。お下げ髪の少女の影が映っている。僕は逡巡《しゅんじゅん》した。今無関係の彼女を巻き込んでしまってはあまりに申し訳ない。だが、誰かに助けを求めたいという心は捨て難かった。それが年端も行かぬ女学生であったとしてもだ。僕は取り急ぎ着物を肩から払い落とし、隅に丸めてから障子を開けた。

夕立の止んだ空からは雲が割れ、黄金の光が差し込んでいた。その光に照らされるように、青地に小鳥の柄の着物を濡《ぬ》らした少女が情けなさそうに微笑んでいる。編んだ髪も乱れてしまっていた。

「ちょっと出ていたら傘を忘れたの。雨は止んだけど、少し濡れてしまって。叔父さん、拭《ふ》く物を貸して貰えない？」

僕がその他愛《たあい》ない言葉にどれほど安堵《あんど》したか、彼女にはとても計り知れないであろう。ちょっと待っていなさい、と言い残し、ふとあの銘仙を思い出し、慌てて抱えて洗面所まで向かった。棚から出来るだけ綺麗《きれい》な布をどうにか選び出し、銘仙はその辺りに置いてやる。先の話にはどうも同情すべき点はあるが、それでもあれだけ僕に恐ろしい思いをさせた着物だ。姪からは遠ざけたい。

「叔父さん、その着物はどうしたの？」

だが、戻ってきた僕に対しての姪の第一声はそれであった。僕は右手を見る。どういう訳であるか、僕は置いてきた筈《はず》の銘仙をまた自分で持ってきていたのだ。どういう訳も何も、決まっている。この着物がそうさせたのだ。もう本当にどうにかして欲しい。

姪の視線は、独り者の叔父の家にどう見ても女物である長着が置いてある謎について、何やら不審を覚えているようであった。それはそうだろう。僕とて気味が悪くて仕方がない。

「これは、昔質屋で纏めて着物を請け出してきた時に交ざっていたんだ。返そうと思ったら、ええと、入れ替わりで店が閉まってしまったので、仕方なく手元に置いてある」

苦しい言い訳に、姪は不思議そうな顔をした。

「それを最近、そう、仕事の為に持ち出してきたんだ。資料という奴だよ」

「次は着物の話なの？」

困った。姪はどこか嬉《うれ》しそうにしているが、僕が今書いている話は鴉《からす》が人を襲う猟奇的な物語である。仕方がないので、被害に遭う婦人の着物の描写を少しばかり増しておこうかと思う。

「まあ、そう言えなくもない。兎《と》に角《かく》、これは気にしないで――」

「柄が大人らしくてとても綺麗。良い着物なのね」

『可愛らしいお嬢さんだこと。褒められるのはやはり嬉しいものですねえ』

僕の頭の中で声がした。止《よ》せ、余計なことをするのは、と思った。

「ねえ、叔父さん」

こちらはこちらで、何か良い提案があるような顔をするのは止して欲しい。

「着物が濡れてしまって気持ちが悪いし、この銘仙、代わりに着せて貰っても構わない？」

姪は予想した通りのことを言う。僕は断ろうとした。口を開け、それから閉じる。

『一度だけ。一度だけです。何もしやしません。あたしに、どうか――』

着物の声が悲痛な響きを帯びた。僕は部屋の奥を見る。姿見の前の、小さく勇敢な犬の姿を見る。そうして、意を決してこう言った。

「……糸切り鋏《ばさみ》は持っているかな」

「え？　ええ。小さい物なら」

僕は着物を差し出した。操られているのではない……恐らくは、自分の意思で。失敗をしたら酷《ひど》いことになる。とても姉に顔向けは出来ない。着物の言葉をではない。その時微《かす》かにころん、と力なく聞こえたような気がした、あの鈴の音を信じようと思ったのだ。

だが、僕は一度だけ信じよう、と思った。

先ほどは上手《うま》くやりました。大丈夫。御守りしますと言ったでしょう、とその音は言っていた、ように思えた。情けない僕を見事助けてくれた健気《けなげ》な心延《ば》えに、何か応《こた》えてやりたかった。

「仕付け糸が残っているから、切ってやって欲しい」

姪はますます首を傾げていたが、持ち歩いているらしい小さな裁縫袋を取り出し、裾《すそ》や袖口《そでぐち》の糸をぱちぱちと切っていった。

『ああ、有り難う御座います。有り難う御座います』

放っておけば僕の身体を使って頭を下げんばかりの勢いで、着物は何度も礼を言った。

「着てきた物は干しておけばすぐに乾くだろうし、それまでここで待っているといいよ」

「これを着て帰って、後で洗って返すわ」

いや、と僕は変に頑固な言い方をしたので、姪は叔父さん今日は変よ、暑さにやられてはいない？　とさらに不審を高めたようであった。だが、これればかりは譲れない。僕は姪と着物双方に言い渡した。

「飽くまで持ち主は僕だ。君には貸しているだけ。良いね」

『わかっておりますとも。このお嬢さんには決して手出しは致しません。いえ、二度と誰も呪ったりなどとは』

それから僕は部屋を出る。これで、もし祟《たた》りでもするのであればせめて僕に来ればいいのだが、と思う。不思議なもので、先程まであれ程恐れていた着物の呪いが、今ではさほど怖くはなくなっていた。死んだ女達の念とやらが祓われたことによる変化もあるであろうし、犬への信頼もある。だが、あの娘に何かあるくらいであれば、僕がまた苦しんだ方が幾分かましであるという気持ちも芽生えていた。

それは、僕が個人的に親類として読者としてひとりの少女として、姪を気に入っているという話とはまた別で、そうだ。あの谷中の時に考えた、愚者の金のような物だ。

僕はその時、少しだけでも正しいと思える自分でありたいと、そう考えていたのだ。

そして同時に、あの銘仙の願いを叶《かな》えてやれないか、とも思っていた。さっさと叶えて満足をしてくれ、という気持ちも浮かぶが、やはり哀れさが勝った。

先の話によれば藤奴と花吉の死は偶然で、そこから歯車が狂いだしたのであろう。着られたいという銘仙の願いと、独占をしたい花吉の執念がぶつかって、持ち主を祟り殺す着物が出来上がってしまった。さぞ苦しかったろうな、と登場人物全てに対して僕は同情の念を抱いた。

「叔父さん、見て」

はしゃぐ声に部屋へと戻ると、中では姪があの着物を着て姿見の前で嬉しそうにしていた。帯は元々締めていた涼やかな水色であるから、あまり今の色柄には合っていない。

そもそも、まだ若い彼女には少々大人向き過ぎる。藤の花の柄も、八月では季節外れにも程がある。

それでも、僕は憧《あこが》れの気持ちで頬を上気させている可愛い姪に、その着物は良く似合うと思った。頭の中では着物が歓喜のすすり泣きをしながら頻《しき》りに礼を言っていた。

『もういいです。満足です。有り難う御座います。有り難う御座います。あたしはただの着物に戻ります。後は燃やすなり仕舞い込むなり、なんなりと』

ふつりと声が止んだ。あれ程までに重苦しかった部屋の中は、いつの間にか真夏の光が眩《まぶ》しかった。

「やっぱり、まだ翠ちゃんには早い気がするね」

姪はそうかしら、と袖《そで》を翻し、そうかも、と案外早く納得をした。着物は質屋にまず返さねばならぬし、そうすればすぐに処分をされるに違いない。三年後か五年後か、立派な大人になった姪がこの銘仙を粋《いき》に着こなす姿が見られないのは、少々残念な気もした。

「でも、良かったの？　後から思ったのだけど、これ、誰かの……思い出とか形見とかではなくて？」

姪《めい》は予想だにしていなかった心配を始めた。先の僕の様子があまりにおかしかったのであろう。

「まあ、形見ではあるが」

言ってから、先の質屋の話とは矛盾するな、と思った。仕方がない。僕は計画的に口先を動かすのは苦手だ。

「別に僕の良い人だとかそういうのではないよ」

むしろ、殺され掛けた相手だ、というのは言わずにおこうと思った。僕の人生に於《お》ける甘い思い出というものは、皆無とは言わぬが数える程しか存在しない。

「そう。あのね、雨の日の女の人のお話があったでしょう。あれ、とても真に迫っていたから——何か似たことが本当にあったのじゃないかって、少し思っていたの」

姪は少し勘が鋭いところがある。だが、僕の小説は飽くまで実際のところを雛形《モデル》とした虚構であり、少なくともこの銘仙はあの時の婦人とは無関係である。なので、嘘を吐《つ》く罪悪感はなしに、それは違うよ、と否定が出来た。

あの婦人の好きだった柄は縞模様《しまもよう》で、関の元細君である芳枝さんが振っていたのは胡桃《くるみ》色の袖だった。死んだ人とその着物とは、内心で分かちがたく結びついている。姪には、どうか洋装和装、沢山の服を着て欲しい。気に入りを幾らでも作って、健やかに楽しく生きていって欲しいと、ただそう思った。

「あ。この御守り、罅《ひび》が」

姪が姿見に掛かっていた布を戻そうとして、小さく声を上げた。手前に転がっていた犬に気がついたらしい。

「うん。僕が不注意をして、とても悪いことをした」

本当ね、可哀想。姪の指でつつかれた御守りは、から、と小さく鳴くように微かな音を立てた。

「労《ねぎら》ってあげてくれ。とても……勇敢な忠義者なんだ。お陰で助かった」

「生きた犬みたいに言うのね。おかしい」

言いながらも姪は、とんとん、と頭を撫《な》でるように犬を可愛がる。それだけで僕は、ほんの僅《わず》かに救われるような心地がした。


半ば乾いた元の着物を着て姪が去った後、僕は急ぎ電車に飛び乗って上野に向かった。幸いあの質屋はまだ開いていたので、平謝りをして着物を返し、顔色を青くした店主が近くの神社に駆け込むのを見届けてから、サッサと帰宅した。

家の中はしんと静まり返り、鈴の音はもう響かない。考えるべきことは様々あったが、落ち込むのにも疲労が過ぎた。とっとと酒を飲んで寝よう、庶民のお清めだ、と新しい瓶を開け、その日はそれで終わりにしてしまった。厄介なる藤の柄の銘仙の物語は、これでお終《しま》いだ。だが。

本当ならばこの晩、僕は四の五の言わずに関の家を訪ねるべきであったのだ。何も知らなかったとはいえ、僕は手酷《てひど》い間違いを犯した。

関信二はその日、僕の与《あずか》り知らぬところでふつりと姿を消していた。

伍話　帰らずのさか

不運が重なったと思う。

その時、丁度関の地元では盆の季節で、彼は社に長めの休暇を貰《もら》っていた。よって、数日出社をしなかったとて特に不思議とは思われなかった。

僕は僕で、関が暫《しばら》く連絡を寄越さないなどということはよくあることでもあったし、喧嘩《けんか》の気まずさは時を追うごとに増していった。加えて、僕の方の仕事も少々立て込んでおり、家に閉じこもる日が続いた。

勿論《もちろん》、僕は一度彼の下宿先を訪ねた。暑い中、珍しく適当な茶菓子などを提げてだ。しかし、大家という歯の抜けた老婆が、関さんはお出かけのご様子ですよ、長いお休みを頂いているんだとか、などと聞き取りにくい声で教えてくれたため、外出は空振りに終わった。僕は菓子を姉の家への土産に変え、帰ってから茶ではなく酒を飲んだ。何だ、これでも素面《しらふ》で訪ねてやったのに、と拍子抜けをする思いだった。

それからは、明日《あした》謝れば良かろう、さもなくばその次、また留守であるかも知れぬし、とずるずる先延ばしにして四日程が過ぎた。

その日は朝から蟬の声が雨のように喧《やかま》しかった。この季節の僕の家の庭は草木の豊穣《ほうじょう》が著しく、虫や鳥の憩いの場となっている。お陰で時に人はあまり憩えない。汗で濡《ぬ》れた布団を片付け、寝不足の目を擦《こす》る。欠伸《あくび》をひとつしたところで、あの罅の入った犬の御守りが目に入った。あれから犬は動くこともなく、鏡の前にちんまりと座っているだけだ。ただ、見て僕は関のことを思い出した。関は僕にあっさりとこの御守りをくれたが、一体これがどういう物であるのか、というのを僕は知らない。何か曰《いわ》くありげな代物なのではないか、という漠然とした印象はある。だが、それがどこから来たものであるのか、知りたい、と思った。

暦を見る。盆の十五日はとうに過ぎていた。そろそろ関も戻っている頃であろうし、僕に怒りを覚えていたとて、少しは和らいでいるであろう。もう一度、重い腰を上げてみるか、と御守りを摑《つか》み、懐に入れて外に出ることにした。

この暑さで人民は外に出るのも憚《はばか》られたか、電車は空《す》いていた。関の下宿のある神田《かんだ》まではそう掛かりもしない。御茶《おちゃ》ノ水《みず》駅から歩いて五分といったところだろう。婦人方の涼しげな簡単服《ワンピース》を少々羨《うらや》ましく思いながらも、着流しの首元の汗を拭《ふ》き拭き、僕は降車した。

駅からは日差しに焼かれながら歩いた。関の下宿が近づくごとに、足取りは少し重くなる。少し脇を行けば食べ物屋の連なる通りで、そちらで時間を潰《つぶ》したくもなってきた。関だが、道は案外に近く、震災を生き延びたと思《おぼ》しき古びた二階建ての家屋が見える。関は被災の後はずっとこの家に住まっていた。僕も少し前に行き来が回復してからは何度か訪ねたことがある。勿論、奴が僕の家に無遠慮に踏み入って来ることの方が五倍は多かったように思うが。大家という老婆が世話好きで、何くれと面倒を見てくれるので中々快適だ、とふんぞり返っていたことを覚えている。

さて、下宿に着くと何やら様子が妙で、先客が居るようであった。扉の前には中背でカンカン帽を被《かぶ》った、汗に濡れたシャツ姿の男が立っており、大家の老婆に何かしきりに話し掛けているようであった。物売りか何かであればすぐに話も終わるであろうし、場合によっては僕が後ろに立ってせめて威圧でもした方が老婆の為になるかも知れぬ。大事な客のようであれば僕は大人しく機会を待った方が良かろうとも思う。だが、僕がどうにも決めかね逡巡《しゅんじゅん》したところで、男はこう言ったのだ。

「それじゃあ、信二はこちらにも戻っちゃいないんですね。弱ったなあ」

ええ、少し前に外に出られて、それきりですね。お盆ですし、お休みを取られていたと聞きましたので、それでかと。老婆はゆっくりとそう言っていたようであった。

「いや、地元にも戻らなかったので、それで自分がこうして用事がてら様子を見に来たのですよ」

男は腕を組む。肩の鞄《かばん》からは、無防備に東京市内の地図が覗《のぞ》いていた。関の地元というと、東北だ。

「まあ、あいつのことだ。何か思いつきで別のところに旅行にでも行っているんでしょう。ありがとうございます……」

男はそこで言葉を止めた。それは、後ろに五尺八寸ばかりの上背がある男、すなわち僕が立ち、影が落ちたせいであろう。振り返った顔は三十路《みそじ》頃で、薄い顔立ちはどこか関信二とよく似ているように思われた。

「おや、ええと、関さんのお友達の……大久保さんでしたっけ」

老婆が首尾良く僕の名を思い出してくれたために、僕はただの不審な大男と通報されることを免れた。聞こえてきた関の名に思わず進み出てしまったものの、何をどう言えば良いものか、僕は説明をしかねていたのだ。

「ええ、はい。関を訪ねて来たのですが、今日も不在ですか」

「そのようでねえ。こちらの方も、心配して来られたんですよ」

まあ、お留守ももう一週間になりますしねえ、と言う。それほど経ったか、と僕は思いながら男に会釈をした。関の地元の人間。恐らくは親類であろう。

「大久保です。関とは同窓で、今も仕事に関して縁が」

僕と関との腐れ縁をどう説明するかは面倒になったので、簡単に省いてしまった。迷ったせいでぼそぼそとした口調になったが、男は聞き取った様子で帽子を脱ぐ。

「これはどうも、関義一《ぎいち》です。信二の兄です」

汗で髪が額に貼り付いてはいたが、彼は穏やかそうな北の訛《なま》りでそう挨拶《あいさつ》をした。

元々、関は自分の名を信用の信に二番目の生まれ、と説明することが多かった。家を継ぐのも兄がやるから自分は気楽だ、とも言っていたように思う。東北は岩手にあるそれなりの商家だと聞いたが、どういう商売であるのかは知らない。向こうが隠していたというよりは、どこかで聞いたはずが僕の方で忘れていたのであろう。

そうやって、僕は関の言葉をいつも聞き漏らしていたような気がして、どうにも気まずかった。

「元々、毎年盆暮れにも帰るとは一言も寄越さない奴でして」

関の兄という人は、僕が先週関と同行していたことを聞くと、話を聞きたがった。幸い、界隈《かいわい》には店も多く、あまり上等とは言えぬが喫茶店もあったので案内する。掠《かす》れた音で流行歌のレコードがかかる中、関義一氏は紅茶を啜《すす》る。どうも珈琲《コーヒー》は苦手で、とのことだった。

「その癖、夏は墓参りに行くぞという頃にはふらっと必ず現れるものですから、今年もてっきりそうだろうと思ったのですがね」

ところが、今回に限っては関は姿を現さなかった、ということらしい。

「まあ、あいつも良い年ですし、来るとも来ないとも言わない訳ですから、変に騒ぐのも、と思いましたがね。たまたま東京行きの用事がありましたので、ついでに寄ろうかと」

義一氏は眼鏡こそ掛けてはいないが、細い目元など関に良く似ている。なるほど兄弟か、と思った。その顔が実に穏やかに常識的に喋《しゃべ》るので、何とも妙な気持ちがする。

「僕の方も、特にわかることは……仕事も休みを取っているということくらいです」

「それじゃあ、やはり帰って来るつもりだったのかな」

店内には扇風機が置かれてはいたが、湿気はどうしようもない。汗かきらしき義一氏は、帽子ではたはたと顔を扇《あお》いだ。

「盆には親戚《しんせき》が集まるでしょう。信二の奴、子供を集めて毎度毎度、怖い話をするんですな。それ程上手《うま》くもないが、子供達は妙に聞き入っていてね。大抵どこそこは危ないから近寄るな、とかそういう脅すような話で——あれがないとどうも寂しく思いまして。私の子供も今年三歳になりますので、聞かせてやりたく思っていたのですよ」

関がそれほど子供好きというのも妙に思えたが、僕は彼の思いも寄らぬ一面を知った気がした。まだ熱い珈琲を飲み込み、二、三度咳《せき》をしてから僕は言う。

「……僕との仕事も、怪談に関わる記事です。それじゃあ、元々彼はそういう話が好きだったのですね」

実際は、ただの怪談好きという話ではないようにも思えた。関はどうにも尋常の人間よりは怪異に詳しく、対処に慣れているようであった。と言って、完全に怯《おび》え避けているようにも、簡単に調伏《ちょうぶく》できるような知識を持っているようにも見えない。怪異を時に追い、時に逃げる、妙な付き合い方をしていたように見える。

関義一氏は、僕を見定めるようにじっと見た。そしてゆっくりと、言葉を選ぶように語ろうとする。

「あれは、好きと言うよりは……」

そして、中途で口を噤《つぐ》み、小さく首を横に振った。性急に過ぎたか、と思う。取材に関して、こちらも妙な出来事や怪異に晒《さら》され、都度どうにか切り抜けてきたのです、というような話をどこまですべきか。こちらも考えるだに迷ってしまう。神隠し、というような現象も聞いたことはあるが、関の失踪《しっそう》がそういった特異な何かであるという保証はまるでない。

「僕は、つい先日関と軽く諍《いさか》いをしまして」

上野でのやり取りを思い出し、ただそれだけを言った。

「それが気に掛かっていて、謝罪の為に来ました。なので、もしかすると、僕に何か責任があるのでは、と――」

口にした途端に、どっと質量のある暗黒の塊が肩にのし掛かってくるような心持ちがした。関の不在が僕の言葉のせいである、というのは些《いささ》か飛躍に過ぎる。あの関に、たかが悪友の一言二言で何か気持ちの糸が切れるなどということがあるとは考えづらい。だが、僕が悪かったのではないか、そういう思いがこみ上げてきて、堪《たま》らない気持ちになった。同時に、逃げたい、とも。

「大久保さん」

義一氏は、宥《なだ》めるような声音で、僕の名を呼ぶ。

「一度信二の家に戻って、中を見せて貰《もら》おうかと思います。私だけではわからないこともありますから、ご同行願えますか」

僕は下を向いたまま、何度も頷《うなず》いた。逃げたい、と思い藻掻《もが》きながらも、僕は自ら招いた状況からは決して逃れられない。

いつだって、ずっとそうだった。

レコードが替わり、聞き覚えのある旋律が流れ出す。義一氏は少し妙な顔をして、味のある演奏ですな、と呟《つぶや》いた。僕は発売したばかりのそのレコードの来歴を知っていたので、ええ、あれは幽霊の吹く音です、などとは言わずに立ち上がった。


義一氏の身分証明は明らかであったため、僕らはあっさりと関の住まいへと通された。もし何もない、ただの小旅行で片付いた場合、関にさぞ嫌がられるであろうと思う。だが、憂慮することしかできぬこちら側としては仕方のないことだ。

八畳一間の部屋は、独り身の男子の部屋としては片付いてはいたものの、真ん中に口の開いた旅行鞄《かばん》が置いてあり、幾らか荷物が詰められていたようであった。衣類も横に置いてある。関の普段使いの鞄は見当たらない。窓は閉め切られ、熱気が籠《こ》もっていたために、義一氏はまずがらがらと音を立てて開け風を通した。

「やはり旅行ではないのかな」

せめて荷物がなければ、と縋《すが》るものを失ったような顔で義一氏がぽつりと言った。常識的に考えられる範囲の失踪にしては不可解だ。僕は先程から頭の中に浮かんでいた嫌な予感が、徐々に霧の如きあやふやさから形を取り、汗の滴として僕の頬を伝ったように思えた。あいつ、やはり何か怪異に巻き込まれたのではないだろうな、と。

鞄の他にはそれ程特異な物は見当たらなかった。ただ、書き物をするための文机《ふづくえ》があり、その横の棚には小さな位牌《いはい》が置かれ――さらに周りに、積まれるように雑に配置された御守りだの護符だの類《たぐい》だけが目立って不可思議だ。

位牌が誰の物であるかは明らかだった。亡くなった芳枝さんのものだ。義一氏は軽く手を合わせると、御守りの山を見て苦笑した。

「あいつ、何だかんだこの手の物を取っているのだから、まめな奴ですよ」

「いつも幾らか持ち運んでいるようでした。昔からですか」

僕は懐に入れていた犬の御守りを取り出す。罅《ひび》が入って音は鈍かったが、それでもからころと揺れて小さく鳴った。

「これも関から貰った物です」

義一氏は目を少し大きく開いた。

「見覚えがあるな。親父が……そうだ」

関の母は早くに身罷《みまか》ったが、父はまだ健勝であると聞いた。父親の様子見と母親の墓を参りに年々帰省をするのは、関の印象にこそ合わぬが別段何もおかしなことはない。むしろ孝行である。

「弟の縁談が進んでいる頃にどこぞの神社で貰ってきたものです」

関の縁談。僕は軽く背筋を伸ばした。

「まだ祝言も挙げていないのに、犬の守りは安産祈願だとかね。芳枝さんは大人しくしていましたが、ああいうのは他所《よそ》にあれこれ言われては嫌なのじゃないかと今では——ああ、すみません。芳枝さんと言うのは、信二の」

知っています、と僕は答えた。お会いしたこともあります、とも。生きた彼女ではなかったが、火事から救われたことすらあった。立ち上る炎と煙の中、ひらひらとゆれる胡桃《くるみ》色の袖《そで》を、今でも覚えている。彼女の生前からあるものなのだから、震災をどうにか生き延びた物なのであろう。上手く焼け残ったか、それとも関が持ち出していたのか。そんなに大事な御守りを、よくも放って寄越したものだと僕は何だか掻《か》き毟《むし》られるように悲しくなってきた。

「——信二は」

ゆっくりと、義一氏は話し出す。

「昔からどうもね、人との縁が弱いと言いますか、何かと親しい人間と別れることが多くてね。こちらに出てからは達者にしていたようですが、幼い頃は周りが心配して、御守りや何やらをあげるのが慣習のようになっていまして」

だから、大久保さんのようなご友人が居て安心しました、とおまけのように付け加えられる。酷《ひど》い言葉を投げつけ、失踪を防ぐことも出来なかった僕にだ。

「僕は、先程も言った通り、何か自分にも責任があるのではないかと思っています。せめて、もっと早く気づいていればと……」

「大久保さん」

関の兄は、いつも騒がしい関とは似ても似つかない落ち着いた声音で僕を遮った。

「私は、あの弟が御守りを人に分けてやったなんてところを、初めて見ましたよ」

それは、事態が切迫していたからで——と言おうとして止めた。折角の父親からの、それも夫婦仲を思った贈り物を貰ったのだ。あまり軽くしては誰にも失礼であろう。

「誰のせいともまだわかりません。職場の方にも訪ねて行こうかと思いますし、どうか気を落とさずに」

僕は使われなかった旅行鞄を見る。横に畳まれた衣類を見る。

心当たりがあれば何でもお知らせ下さい。自分は今週一杯はこちらに居りますので、と連絡先をくれた。僕はふらふらとした足取りで帰宅すると、酒を呷《あお》りながら小さな名刺と、その裏に記された走り書きを見る。良いホテルに泊まっているな、と思った。名刺を取り出す時に、誤って子供を大きく写した記念写真が隠しからひらりと落ちた。良い父親なのだろうな、とまた思った。そういう宿泊先と、あの義一氏の穏やかな人柄と、心配をして御守りを寄越すような周囲の人間と、それからあの傍若無人な関の人間性とが結びつくようでまるで結びつかず、僕は畳に寝転がったまま唸《うな》った。人との縁が弱い、というのは関自身から聞いた話の端々とも繋《つな》がる。僕が知っている事柄よりもずっと多く、彼は別れを――恐らくは、死別を重ねてきたのだろうか。

犬の御守りは今も自分で動くことはなく、ただ親しみのあるちんまりとした顔でこちらを見つめている。黒い絵の具の染みでしかない絵に、人のように表情を感じるのは不思議だった。

尤《もっと》も、物事は万事そのようであるのかも知れない。人は何もかもに意味を見出《みいだ》す。丸が二つあれば目と思い、下に線があれば口と思う。何かの出来事が二つ三つあればそれを繋ぎ合わせ、運だの縁だのと物語を作り出す。

関の別れの話も、そういったものであろう。一つ一つは別の出来事だ。二度、三度と続けば、『不幸』が生まれる。周りの心配りもそれに拍車を掛けたかも知れない。

関自身はどう考えていたのだろうか、と思う。彼は僕に一つ一つの別れの出来事について語ってくれたが、繋げて自身を不幸だと言ったことはないように思う。彼はいつでも己の心の動くままに好き勝手をしているように思えた。だが、僕とてボンヤリとその出来事を繋げ、彼の内心を勝手に想像しようとしている。

わからないな、というのが結局のところであった。彼自身に話を聞きたかった。だが、その関が今や行方不明だ。

僕は感情の持って行き場を失《な》くし、轟々《ごうごう》と耳元で響くような不安の音を聞くまいとした。耳を塞《ふさ》ぎ目を閉じたら、そのままだ。僕は静かに眠りの淵《ふち》へと転がり落ちていった。

夢の中で僕は、独り夜の神田を歩いていた。関のあの下宿を訪ねるところだったのだ。もう閉まる店も出てきた頃合いなので、急がねばならない。渡す物を渡して、すぐに。

手にした鞄には三十円の大金が入っている。関にはもしかすると他にもあれこれ貸し借りがあったかもしれないが、一番大きく気まずい借金がこれだ。親の残した物を幾らか売って、歩ける限度まで酒を入れて、どうにか身体を動かしていた。彼と顔を合わせるのは何年ぶりになるだろうか。今の住まいを辛《かろ》うじて繋がっていた友人から聞いて、まずは第一に関にこの金を返さねばならないと考えていた。

晩秋の道は、かさかさと乾いて身に沁《し》みるような風が吹き抜ける。夢と実際の記憶が入り交じる。僕はその時、そうだ。仕事も何もかもが上手《うま》くゆかず、季節のせいで精神も荒廃していた。せめて冬が来る前に全て片付けてしまおうと、その後は何もかも知るかと、そういう気持ちで半ば自棄《やけ》になっていたのだ。今よりも余程荒《すさ》んだ気持ちでいたように思う。

戸を叩《たた》くと、その時は大家の老婆ではなく、久々に顔を合わせた関が出た。僕は呂律《ろれつ》の回らない舌をどうにか動かして、金を返す旨を伝えた。過去の現実では、僕が玄関先で帰ろうとしたところを、関は強引に止めたように記憶している。否、ほぼ記憶してはいなかった。関に聞いて、後から思い出したような気がしていただけだ。僕はその後殆《ほとん》ど無理に安酒を押しつけられ、酩酊《めいてい》し、気がつけば酷い頭痛に苛《さいな》まれた状態で関の下宿を蹴《け》り出されるように追われた、はずだ。そこすら曖昧《あいまい》だ。

それでも、関は何をやらかすかもわからなかった僕を迎え入れてくれた。そうして、借金の証文を言い訳にして、その後もずっと気に掛けていてくれたのだ。普段は敢《あ》えて触れぬようにしていたが、僕はずっとあの証文のことを覚えていた。

だが、夢の中では違った。関は顔を歪《ゆが》め、実に迷惑そうな顔をした。そうして扉を閉めながらこう僕に言い放ったのだ。

「記事の仕事はもういいよ。俺が独りでやる。君はもう」

ぴしゃりと扉が閉まり、僕は取り残される。

「お役御免だ」

僕は冷えた風の中、立ち尽くす。何度扉を叩いても、返事はない。暦を捲《めく》るように、僕らの遭遇した幾つもの事件、幾つもの怪異、幾つもの記事がはらはらと宙を舞った。関の書いた軽佻浮薄《けいちょうふはく》な文はやがて滲《にじ》むように薄れて消え、そこにはただ白紙だけが舞っていた。

晩秋の地面に、雪のように切り抜きが降り積もる。関信二はどこにも居なかった。


「ははあ、それで先生は顔色を悪くさせているわけですか」

秋風社の応接室は室というほどもなく、社内の片隅に長椅子が置かれ、衝立《ついたて》で他と区切られている。以前訪れた際には資料の類《たぐい》や、何に使うのかもわからぬような壺《つぼ》だの工具だので隅が占領されていたものだが、今日は妙に小綺麗《こぎれい》に物が撤去されていた。社内は皆外出中らしく、衝立はあまり意味を成していない。

「確かに心配だな。まあ、関さんはそう易々《やすやす》とどうにかなるような方とは思いませんが」

僕の真向かいに腰掛けた菱田君は、眼帯を掛けた顔に思慮深げな色を浮かべる。夢から醒《さ》めてしばらくの僕は、ここ数年の思い出が全て白紙になってしまったかのような錯覚に囚《とら》われ、思わず昼から飲まずにはいられなかった。だが、午後からの打ち合わせで顔を合わせた菱田君の眼帯顔は確かに去年とは違っていて、それだけでホッとするところがある。何かと酷い目に遭ってきた彼には悪い話かも知れないが。用事は既に話し終わり、空いた時間で僕らは少々雑談を続けていた。そこで、僕は関の件について軽く愚痴ることにしたのだ。

君の目で何かわかることはないのか、と聞きかけ、流石に止めた。今の彼の左の目は吉凶を見分けることが出来る程度で、何か僕に道を示してくれるようなものではないのだ。

「僕にも何か見えればいいんですがね。この目、それ程便利に使えるものでもなくて」

僕の内心を読んだように、菱田君が眼帯を指で叩く。

「まあ、社長が社内に溜《た》め込んだガラクタに幾らか妙なものがありましたから、それを処分できたくらいでしょうか。ついでに軽く掃除も出来て一石二鳥です」

「それで今日は片付いているのか」

部屋の隅はガランとしており、つくづくと眺めていたら、何もないせいで見られると言うのもおかしなものですね、と笑われた。

「何か鉢植えでも置くといいのかな」

「目で困ったりはしていないのかい」

稀《まれ》に占いを頼まれますが、出来もしないことは出来ないので、断ります、とけろりとしたものであった。親から離れては暮らせぬ子供であった健助少年とは異なり、菱田君は見た目とは裏腹に強《したた》かな大人である。心配をすることもなかったな、と感じた。同時に、先程やはりおかしな期待を掛けようとした自分が嫌になる。その代わりに僕は懐から例の犬の御守りを取り出した。

「これが先日、勝手に動いたり僕を助けたり、まあ大活躍をしてくれた。良いものだと言うから何か不思議な力を持っているのだろうが、どういう物かは良くわからなくてね」

「罅《ひび》が入っていますね。その時のものですか」

失礼、と菱田君は眼帯を外し、紐を手に取る。から、と小さな音が狭い応接室に響いた。

「僕も良くはわからないな。例えば神社と寺とで何か神聖さに違いがあるかとか言われれば違うような似ているような気もしますし、寺は寺で、良い雰囲気かと思えばお墓に行けば嫌な感じがあったりもしますし」

彼は信心深さの欠片《かけら》もない発言を行う。

「元から御守りだから良い力を持っていたのでしょうが、見たところこれは随分大事にされていますね。それもあって動いたりだとか、不思議なことを見せたのではないでしょうか」

「随分大事に、と言われても、僕は普通に部屋に置いたり持ち運んだりしただけだよ。しかし、そんな細かいところまでわかるのかい」

菱田君が首を振ると、犬も軽く揺れてからころ音がした。

「こちらでは別にそれほどのことは」

色の薄い左目を指す。

「ただ、この御守りの下のところに『大正十一年戌年《いぬどし》』とありまして。もうかなり経つのに埃《ほこり》で汚れてもいませんし、色も綺麗《きれい》だ。心なしか犬も優しい顔をしているような気がしたのですよね」

「僕に心当たりはないから、そうすると――」

関か、と思った。大正十一年はあの大きな地震の前年で、戌はその年の干支《えと》だ。関の縁談が進んで式があったのもその頃であろう。まだ大きな悲劇が起こる前の、思い出のよすがとして普段から埃を除《よ》け、持ち運び、心を寄せ、丁寧に扱われていたとしたら。

「……関は、どうして僕にそんなものを寄越したろうな」

あの甘味処の時、鞄《かばん》から適当に放り投げられた御守りが、それほど彼にとって重要なものであったとは思わなかった。もしかすると、これを関が持っていれば今回の如き失《しっ》踪《そう》は起きなかったのではないかと、そんな詮《せん》ないことすら考えてしまう。

「それは、そうしたかったからではありませんか」

菱田君は不思議そうな目をして僕の憂鬱《ゆううつ》顔を見た。

「あの関さんですよ。何かの手違いであれば、後で喧《やかま》しく返せ返せと言うでしょうよ。別段、取り戻したいとは思わなかったということでは」

「しかし、大事な——大事な思い出のある、実際に力のある御守りだ。僕が持っていていいはずがないだろう」

それは、両立しますよ。菱田君は机に置かれた、すっかり冷めているだろう茶の残りをぐいと飲んだ。

「大切な御守りを、託してもいいだろう相手にきちんと渡すのであれば、返して欲しいとは思わないでしょう」

僕は暫《しば》し怪訝《けげん》に眉《まゆ》を顰《ひそ》めた顔のままで止まっていた。犬の御守りは、どうしました、と言わんばかりの顔で僕を見上げていた。菱田君の幼顔も、丁度似たような表情をしている。編集部の窓辺に吊《つる》された風鈴が、御守りの土鈴よりも澄んだ音でりん、と鳴った。

「誰に」

「大久保先生にですよ。長いお友達なんでしょう？」

良いなあ、僕も学生時代の友人に声でも掛けたくなりましたよ。菱田君は笑いながら御守りを僕に返し、眼帯を再び掛け直した。

「これ、夏場は汗で蒸れてしまって。適度に交換しないと不衛生で面倒です」

大久保先生？　菱田君は首を傾げ、僕の顔をじっと見つめている、ようであった。ようであったというのは、僕の視界はじんわりと滲《にじ》み、菱田君の細かな動作表情などまるで見えなくなっていたからだ。

僕がやらねばならないと、その時初めて思った。僕が動く。僕が関を捜し出し、そうして彼を連れ戻すのだ。どこから？　わからない。どこへ？　決まっている。この東京の空の下、僕の目の届く場所、彼が時折我が家を訪ね、無遠慮に庭草を踏みしだき、縁側から僕を呼ぶ、そういうところにだ。

彼が何か困難な状況にあるのであれば、手助けをせねばならない。考えづらいことではあるが、精神的に参ってでもいるのであれば、せめて話なりとも聞きたい。遠くに居るのであれば、列車を乗り継いででも行こう。そうして――何か、平常のものでない、怪異にでも関わりふつりと姿を消したのであれば。

少ない縁を幾らでも辿《たど》って、僕は、彼を僕の日常へと取り戻す。

「菱田君。少々頼みがあるんだ」

目を軽く拭《ぬぐ》って僕が切り出すと、彼は、まあ原稿の進み具合に差し支えのないことでしたら、と快諾してくれた。原稿はどうか知らぬが、取り急ぎ動かねばどうにもならない。

あの小さな、それでも僕を確かに救ってくれた御守りに、真実それを僕に託しても良いと思ってくれたのなら譲り主の関本人に、僕は報いなければならない。否、御守りだけではない。僕の自死を止めてくれたこと。何かと気持ちを崩す僕に心を配ってくれたこと。借金の証文の件。学生時代の思い出。全てに対して、僕は報いたかった。遺憾ではあるが、あの口の悪い、傍若無人な、人の心のわからぬ、意地っ張りの、一番大切なものは胸の内に隠したがる、本当にどうしようもない悪友が居ない日々など、僕は御免だと考えていた。彼が何故僕にあれほどのことをしてくれたのか、その理由はわからない。であるから、せめてその一端なりとも知りたい。

もし、関が既にどこかで事故でも起こし、命を落としていたら？　僕は首を横に振る。あり得ることではあるが、そういった事態は義一氏に任せた方が良かろう。僕はせめて歩ける場所は歩き、関の足跡をどうにか辿る。

「少し、社の電話を貸してはくれないか」

「電話ですか。長く掛かります？」

「それ程は。帝都読報社に連絡を取りたい」

菱田君は壁の時計を見、衝立《ついたて》を除けて真新しい自動式の電話機を見、そうして肩を竦《すく》めた。

「まあいいですよ。先日いらした先生なんて、借金取りに謝るのに電話を使っていたくらいですからね」

僕ら半時間は済みません済みませんという声を聞きながら仕事をしていたんですよ、とおかしさ半分、呆《あき》れ半分の顔で彼は言う。僕は頭を下げながら彼の示した電話機の受話器を取った。秋風社の内規の緩さと、自動式で交換手を通さず話せるのが有り難かった。一刻も早く何かせずにはいられなかったのだ。

手帳から帝都読報文化部の番号を探し、一縷《いちる》の望みを懸けて関を呼び出して貰《もら》うも、やはり休暇中とのことであった。代わりに在社していた部長に代わってもらう。僕は息を吸い込み、通話を始める。

「大久保と申します。お世話に……」

ついぼそぼそとした声音になった。人が目の前に居ても話しづらいのに、目の前に姿がないのであれば尚更《なおさら》何を目当てに語ればいいのか。僕は電話が苦手だ。苦手なことをわざわざ苦心して行う羽目になっているのは、明らかに関が悪い。関に文句を言ってやる。戻りさえすれば、だ。

『やあ、どうもどうも、お世話になっております。関は少し長く休暇を取っておりましてね。確か、明後日《あさって》には戻る予定ですが、何か?』

相手は関の直属の上司だ。僕も顔を合わせたことがある。恰幅《かっぷく》の良い四十ばかりの紳士だった。だが、こちらも、どうも関の異変に気づいている様子はない。幸いと言えば幸いであるし、向こうが知っていることもそれ程ないのかも知れない。

「いえ、その。関に連絡を取れればと思ったのですが、こちらでは何も知らず……。どこへ向かったかご存知でしたら、と」

『地元の岩手と思っていましたが、詳しくは聞いておりませんね』

またか、と肩を落とす。それでも、何か手掛かりはないかと頭の中を探った、その時だった。

『しかし、大久保先生はご一緒ではなかったのですかね』

「え？」

僕は聞き返す。誰が何と一緒であったのか、理解がしかねた。

『関は休暇前に例の「つくもがたり」の取材に行くと言っておりましたのでね。否、こちらが指示をしたのですが』

聞いていません、と蚊の鳴くが如き声で答えると、怪訝そうな声で部長は説明をしてくれた。

曰《いわ》く、関は休暇前、『帝都つくもがたり』で使用しようかと思っていた話がどうも上手《うま》くいかなそうだ、と部長に相談を持ち掛けていたのだという。恐らくはあの銘仙の話であろう。彼があの着物の因縁の詳細を知らなかった為、上手く恐怖を掻《か》き立てるような文が書けなかったからであるのか、それとも何かを感じ取り、これは拙《まず》いと考えたからであるのかはわからない。それならば、と部長は案を出したのだそうだ。

前に言っていた、あすこにもう一度行ってみてはどうだ、と。四谷の矢羽坂、黄昏《たそがれ》時に黄泉に繋がるとも言われる坂へ。初夏の頃、僕らが二人で向かい、逃げ帰ってきたあの場所へだ。

関は少し考えた様子で、それも良いかも知れませんな、と答えたらしい。そうして休み前の最後の日は、部長と明るいうちから仕事納めと軽く飲みに行き、思いの外早く切り上げたそうだ。

彼は言った。丁度良い、これから四谷に向かいますよ。

僕は総毛立つような思いがした。

関自身があれだけ問題があると考えていたあの坂へ、何故また彼が向かったのかはわからない。しかも、僕を連れずに独りで。今朝の夢を思い出して胸が苦しくもなったが、そうしてばかりも居られない。それ以上のことは何も得られないということがわかったため、礼を言って僕は電話を終えた。

「大久保先生、何かわかりましたか」

菱田君は自分の机に戻っており、そこからひょこりと顔を上げた。考えていたよりも恐ろしいことに、関は巻き込まれているのではないか？

「関が向かった場所が一つ、わかったかも知れない」

僕は息を大きく吐く。同時にゆるゆると力が抜けていくような気がした。

「菱田君、君は四谷にある妙な坂の話は知っているかい——死者が袖《そで》を引いてくるという」

彼は首を振った。割合に細い道であったから、噂もそう広まってはいないのだろうか。

僕は肩に腕に触れる手の感触を思い出し、胃が絞られるようだった。

「少し前に関とそこに行って、逃げてきたんだ。あいつ、また同じ場所に行ったらしい。もしかすると……」

　振り向いてはいけない、と言われていた。その場所で彼は、禁を犯してしまったのではないか。振り向けば恐らくは、あのまま強い力で引き込まれてしまうのだろう。どこへ？　黄泉の国と聞いた気がするが、真実であるのかはわからない。何にせよ、思い出すだに恐ろしい思い出が蘇《よみがえ》るばかりだった。

「黄泉路《よみじ》で振り向いてはいけない、というのは聞いたことのある話ですね」

　菱田君はふと考え込む。

「古事記の挿話は少し違って……。ああ、希臘《ギリシャ》の話だったかな」

「あれは何だか、連れて帰ろうという相手を取り戻せなくなった話だろう」

あの坂から帰った後、僕は少し本に当たって確かめていた。希臘《ギリシャ》の竪琴《たてごと》弾きの話だ。死んだ妻を決して振り向かないという条件で連れて行き、最後の最後で振り返ってしまったせいで別れる羽目になる。悲劇だ。

「自分が連れて行かれるという話では……」

　まさか、と僕はその時思った。妻、という言葉があの芳枝さんの姿を脳裏に蘇らせたのかも知れない。関は、もしかすると、もしかするとだ。何がきっかけであるかはわからないが――死者の中に居た誰かを連れ帰ろうとしたのではないだろうか、との考えが頭をよぎったのだ。そんなことが可能であるかは兎《と》も角《かく》。

「否、まさか、まさかな」

「大久保先生、その坂には向かわれるのですか？　僕は正直なところ、お勧めはしませんよ」

悪い噂があるところには、きっと何かしらの悪いものがあるものです。菱田君は厳かな顔をして言った。

「人なら誤解もありましょうが、場所に纏《まつ》わる噂なら尚更です。本当に黄泉比良坂《よもつひらさか》なのかは別として、気軽に近寄って良い場所ではないと考えます」

「君にしては珍しいな」

古書店の時とは勢いが違う、と思ったが。

「むしろ一度、僕が近くまで寄って見てきましょうか。吉凶の判断だけならばつきますから」

結局、この青年はやはり猪突猛進《ちょとつもうしん》だ。他人の心配はすれども自分に関しては歯止めが利かないのだろう。これ以上人が消えては敵《かな》わない。まだ他に行った可能性もあるから、とその場はそれで誤魔化し押し止《とど》めた。

「ああ、それでだ。菱田君。もう少し電話をさせてはくれないか。今度はそれ程は掛からないから」

了承を得る。僕はまた手帳を繰りながら、初めて掛ける番号にダイヤルを回した。それは関の兄、義一氏が泊まる御茶ノ水のホテルの番号だった。

義一氏は幸い在室で、僕が呼ぶと夕暮れ時に面会をする旨を了承してくれた。秋風社を出れば御茶ノ水まではさほど掛からない。真新しいホテルの瀟洒《しょうしゃ》な一階、広間に並ぶ長椅子席で、僕らは再び顔を合わせた。辺りはややざわめきが満ちており、義一氏は相変わらず汗を掻き掻きハンケチで額を拭《ふ》いている。絨毯《じゅうたん》敷きの床を歩いて恐る恐る腰を下ろすと、赤紫の生地を張った長椅子は上等に柔らかな感触がした。

「信二の行き先で、何かわかったとか」

関に似た顔で、関に似ても似つかぬ生真面目な色を浮かべている様はどうにも混乱するが、ともあれ僕は心を決め、与太としか思えぬ話を語り始めた。すなわち、関が向かった可能性のある、例の四谷の矢羽坂の件である。

「信じて貰えるとは思いませんが、その坂には以前僕と関とが訪ねて……そうして逃げたことがありまして」

義一氏は軽く目を閉じた。僕はやれ電話だ約束だと動きすぎ、好《い》い加減に慣れぬ勇気を使い果たしていた為、ああ、やはり駄目だ、あんな話が人に伝わるはずがない、とこの辺りで頭を抱えたくなっていた。いっそガンガンと頭痛すらする程であったが、これは飽くまで緊張の為であり、宿酔《ふつか》いから来るものではない。

「実際怪しい話だとは思いますが、お伝えした方がいいかと。僕はこれから様子見だけでも四谷に向かおうかと思います」

そろそろ時刻は黄昏に近づきつつある。急がねば、あの坂が妙なことになる頃に間に合わないかも知れない。焦りを覚えながらも、僕は少しばかり躊躇《ためら》いを感じていた。本当に自分があの坂へ再び向かえるのか、己に自信がなかった。

僕の言葉に、義一氏は関と同じ細い目を開ける。困った奴だ、とでも言うような、不機嫌さの入り混じった顔をしていた。僕は当然その顔が僕に向けられているものだと考えたため、竦《すく》み上がる。慌てて弁解を続けた。

「あの、本当にですね……」

「いえ、その件につきましては、そうですね。半信半疑ではありますが、頭から疑って掛かっているわけではありません」

信二の奴、と彼は大きく息を吐いた。あいつまた『引っ掛かった』のか。

「何か、心当たりが」

義一氏は頷《うなず》く。

「……少し、話を聞いて頂けませんか。長くなります。黄昏時は逃してしまうかも知れない。だが、知っておいて頂きたいことがある。何故信二がその坂とやらに向かったか、わかるような気がするのです」

僕は迷い、苦渋の挙句に座り直した。気は急《せ》くが、話は聞いておくべきだと頭が告げていた。

「先日申し上げた通り、信二は人と縁が薄く……代わりに、妙な出来事に遭いやすかった。幽霊ですとか、そういったものを見たと時折言っていました。上京してからは殆《ほとん》ど話を聞きませんでしたが、こちらでも似たようなことは起こっていたのですね」

「……その、これは、飽くまで僕の考えですが」

僕は、関が誰かを連れ戻しにあの坂へと向かったのではないかと、そう推理をしたことをさらに語った。誰か、とぼやかしてはいたが、恐らくは亡くなった妻の芳枝さんであろう、と僕は考え、念の為にそこは口を噤《つぐ》んでいた。

「そこまでするかどうかはわかりませんが、誰かに会いに行った、ということはあり得ますね」

「誰かにというと、やはり」

「……母ではないかと」

僕は目を瞬かせた。関が母親を早くに亡くしていたことは聞いた。だが、母という人の人となりは何も知らない。関がそれ程母を恋しく思っていたかどうかも、全く知らない。

「芳枝さんではなくて、ですか？」

「それもあるでしょう。友人も幾人も亡くしていますから、そちらかも知れない。ただ、母もその中に含まれていると、私は思っています」

義一氏は、ゆっくりと躊躇いがちに語り始めた。それは、関信二という人間が生まれた頃の物語であった。

関の家は昔からある木材を扱う商家で、三つ上の義一氏が生まれた頃までは特に何か因縁があるでもない、程々に裕福で幸せな家であったと言う。山と川があるばかりの辺《へん》鄙《ぴ》なところですが、と義一氏は関と同じような韜晦《とうかい》をした。

ただ、義一氏を産んだ辺りから母親がほんの少し身体を悪くしたらしい。それでも常に臥《ふ》せっているという程でもなし、やがて二人目の子供が生まれることになる。義一氏は弟の誕生を心待ちにしていた。

だが、赤ん坊の——信二のお産は長引き、母体は失血が酷《ひど》く、大きな打撃を受けた。生まれた子をどうにか抱くことは出来たそうだが、その時にはもう、殆ど起き上がれない状態であったという。詳しくは私も後から聞いた話ですが、と義一氏は前置きし、それでも、最後に一目、と見た母の顔は青白く、とても美しかったと記憶しています、とぽつりと語った。

そうして親類縁者に見守られ、まだ弱々しい赤ん坊と手を繋《つな》ぎながら、母親はこう言ったのだそうだ。これも、やはり三歳かそこらの義一氏が直接覚えていたとは考えづらいが——。

「信二も、生まれてすぐにこうして人と別れてしまうのは不憫《ふびん》ね。これからもきっと、何度も辛《つら》いことがあるのでしょう」

　連れて行ってあげられればいいのだけれど。そうまで言ったというのは、流石に誰かの付け足した悪意ある尾ひれであろう、と思いたいです。義一氏はそう語る。尾ひれが付く程には、近隣の一同に知れ渡った話であったらしい。

　その晩、母親は眠るように息を引き取った。そうして、関の周囲では人との離別や妙な怪異が相次いだ。

　親類や友人や恩師や、果ては可愛がった動物が、彼の周りで死に、そうでなくともすぐに遠く別れる羽目になった。その当の関信二は、何かあるごとに死んだ人間を見たと主張するような子供であったという。半分は寂しさ故からの作り話であると兄の義一氏は考えていたが、もう半分はどうにも真実であるとしか思えぬような状況が続いた。生き残った親類は関に同情し、御守りの類《たぐい》を寄越すようになった。反対に言えば、その程度の関わりで済ませた。

　地元にはやがて親しく付き合う友人が居なくなったため、中学校に進学するにあたり、彼は近くの都会へと出たらしい。そこでも幾人かの人と別れ、やがて上京して不良大学生となった。後は、ほぼ僕も知る通りだ。

しん、と静まり返った僕らの席とは裏腹に、近くの有閑と見えるご婦人方は刺繡《ししゅう》の会だかの話を楽しそうに続けていた。僕はガンガンと痛む頭を抱え、初めて聞く関の昔話に目を見開いていた。

「そういう弟です。人と縁が薄い。別れる定めを持っているのでしょうね。であれば、その黄泉《よみ》の国とやらに近寄りたいと思ってもおかしくはない」

僕は、その瞬間頭痛を忘れた。

「そうでしょうか」

僕は、あの犬の御守りの惚《とぼ》けた顔を思い出していた。丸が二つあれば目になる。下に線があれば口に。ただの絵の具の跡に、顔を見出《みいだ》すのは人の心だ。

「関が不幸に何度も見舞われたのは確かでしょう。幽霊を見た、というのもそうかも知れない。彼が妙な奴なのは僕も知っています。しかし、それを縁や定めにしてしまったのは、あなた方ではないのですか」

胸の内が、煮えたぎるようにざわめいた。僕がその時一番——妙な言い方だが、口惜《くちお》しい、悲しい、苦しいと感じたのは、その最初の一筆、一番はじめに彼を不幸であると決めてしまった始まりの一言の主が、選《よ》りに選って母親であったことだ。

僕とて親との関係がそれほど良かった訳ではない。だが、生まれながらにして呪いを掛けるような、そんな真似をしなくてもいいだろう、と拳《こぶし》を握り締めながら頭の中で叫んでいた。

義一氏は暫《しばら》く黙り込んでいた。僕は熱を上げていたところがサッと冷えていくのを感じる。そうして、酷いことを言ってしまったような気持ちで慌てだした。義一氏とて、幼い頃に母親を亡くし寂しい思いをしていたのは確かであろうに、僕は何を言っているのか。

「済みません……申し訳ない。差し出口を利きました」

「いや」

義一氏は掌《てのひら》を突き出し、構わないという手振りをした。

「思い出しました。大久保さんのことは昔、一度か二度信二が手紙に書いていましたっけ」

「僕を？」

何か、彼なりの友情を示してでもしてくれていたのだろうか、と僕は少々期待をした。

「形《なり》は大きい癖に吃驚《びっくり》する程の弱虫で——済みませんね、うろ覚えな上に信二の文ですから——、良くもまあという程酒を飲む、とか」

義一氏は喉《のど》を鳴らすようにして笑う。僕は落胆し肩を落とした。やはり関は関か、と目を伏せる。だが。

「自分は妙なことに遭いすぎて、恐怖を忘れることがある。だから、恐がりの彼と居れば丁度良いようだ。それに、苦労しながらもどうにか生きているところがいい、見ていると、自分も精々生きていたくなる。そんなようなことが書いてありました」

驚き役、怖がり役が、彼に押し付けられた僕の役割だった。無様に震える様を書いてやろうと、関にそう言われて引っ張り回され、何度も危険な目に遭いながら、こうして今までどうにか生き延びてきた。大凡《おおよそ》はそもそも関のせいである。だが、その根にどうしようもない寂しさが横たわっていたとしたら。

彼が僕を救ってくれた時のことを思い出す。お前はどうしようもない奴だが、それでも居なくなっていいはずがない。彼はそう叫んでいた。どうして俺はいつも見送る側だ、とも言っていた。

僕はずっと考えていた。彼が僕を裏で心配していたことは知っていた。だが、その理由が良くわからなかった。僕が彼に何か恩恵を与えたことなど、少しもなかったように思う。僕自身の人格とて、そう愛すべき人間などではないのは自分が一番良く知っている。それこそ、酒飲みで鬱々《うつうつ》とした、どうしようもない奴でしかないとそう思っている。

しかし今、理由の一端がわかった。

わかった瞬間に僕は、君は馬鹿な奴だな、と関を小突きたくなっていた。

関にとって、人と『縁の薄い』彼にとっては、腐れ縁でずるずると長く付き合っていて、何よりその間ずっとどうにか生きている、そういう人間が居るということ自体が晴れ晴れする程に嬉《うれ》しいことであったのだろう。だから、世話も焼けば仕事も回す。その友人は随分と臆病《おくびょう》であるから、丁度良い。怪異に慣れ何かと無茶をする彼を、この世に繋ぎ止めるよすがとなってくれるであろう。

それは、飽くまで僕が目鼻を付け想像した物語だ。たとえ真実であったとしても、向こうの勝手な好意であり、僕は受け取ることも、撥《は》ね付けることも出来る。どちらにせよ、肘鉄《ひじてつ》の一つも食らわせてやらねば割に合わない。だが、小突きたくとも、関信二は今ここに居ない。この世に居るかどうかもわからない。僕は役目を放棄して、彼を引き止められなかった。

涙が溢《あふ》れそうになったのを堪《こら》える。流石に、そう親しくもない相手の前で泣くわけにはいかない。

「やはり、関を連れ戻しに行きます。僕独りで行きます」

洟《はな》を啜《すす》ると、刺繍の作品を見せ合っていた近くのご婦人方に怪訝《けげん》な目で見られた。構うものかと言いたいが、やはり僕にも恥はある。背を丸めてやり過ごす。義一氏は真っ当な人間で、地元に大事らしい子供も居る。やはり巻き込むのはいけないと感じ、同時に頼みたいこともあった。

「どうか、僕が戻らなければ親類や仕事先に連絡を頼みます」

幾らかの連絡先を渡す。大きな窓の外は、既に日が沈んで紺色に染まっていた。黄昏《たそがれ》時は過ぎている。坂に向かうのであれば、明日の夕方。もしかするとその時が、僕の命日になるかも知れなかった。

姉の一家に会いたい、とふと思った。僕は義一氏に頭を下げ、そのまま市ヶ谷へとフラフラした足取りで向かった。

まあ純ときたら本当に、呼んでも来ない癖に呼ばない時には好きに訪ねて来るんだから、と姉は少々おかんむりであった。姪《めい》と甥《おい》は僕がどうにか小さくなりながら残り物の煮物を口にしている様子を面白そうに見つめている。その日は義兄は仕事の関係だとかで帰りが遅く、不在だった。

「せめてもう少し早くに来なさいな。わかっていたら多めに作っておいたのに」

僕が到着した頃には姉得意の茶色い煮物は殆《ほとん》ど残っておらず、仕方がなく煮汁を白米に掛けておかずの代わりとした。甥が目を輝かせたのを見て、姉はまた、ほら純は悪徳ばかりうちに運んでくる、真似をするんじゃありませんよ、と手厳しい。酒は我慢をしているのだから、そこは僕に免じて許して欲しい。

それでも、彼らは僕を迎え入れて世話をしてくれる。関の話を聞いた後では、そのことが何とも愛《いと》おしかった。母の時代から馴染《なじ》みのある味をほろほろと掻《か》き込むと、あまり自らは幸福と思っていなかった子供の頃を思い出す。

甥が悪戯《いたずら》で電灯の紐《ひも》を引いて、照明がぐらぐらと揺れた。埃《ほこり》が落ちるでしょう、と姉は叱る。ここにあるのは、ごく当たり前の眩《まぶ》しく正しい光だ。僕はそのおこぼれをどうにか自分の中で反射させ、きらめかせて生きていくだけの矮小《わいしょう》な人間である。だが、その小さな光を抱えて立たねばならぬ時が今だとしたら。

ご馳走《ちそう》様、と頭を下げる。

「純は近頃どうなの。少し前と昨日と訪ねたけれど、留守のようだったし」

姉は気ぜわしげに僕を見る。少し前というのは恐らく原稿に向かっていた為の完全なる居留守だ。昨日は実際に関の下宿を訪ねていたので、こちらは無罪である。

「うん、まあ。それ程悪くはないよ」

先日の銘仙と関の件を除いて、である。気鬱《きうつ》は常に僕の足を引っ張ろうとしていたが、季節が幸いし、寝込むようなことはない。そして寝込んでいては関をどうにかすることなど出来そうにない。それどころではないのだ。どうにか気力を保たせる必要があった。

「もしかすると、明日から少し遠出をするかも知れない」

「珍しいことね。何かお仕事のことかしら」

仕事と言えばそうであるし、ここまでのこととなると、もはや『帝都つくもがたり』は関係がないようでもある。しかし、発端であることは間違いがない。僕は少し考えて言った。

「まあ、そんなところかな」

「純は嘘が下手なのよ。遊びなら遊びとおっしゃい」

「嘘ではないよ。どんなことでも僕の仕事の糧にはなるし……」

はいはい、と姉はいつも通りに僕をあしらい台所に立った。涼しげに簡単服《ワンピース》を着たお下げの姪がくつくつと笑い声を立てる。格子縞《こうしじま》の布地はどこかで見覚えがあるから、姉が自分の古い着物から仕立てたものなのであろう。

「お話を書くのに嘘が下手なの、本当におかしい」

怖い話をするのも苦手だものね、と言うと、甥が目を輝かせ、怖い話が聞きたい、と身を乗り出した。

「今日は特に手持ちはないよ」

あっても四谷の坂の話だ。関の言った通り危険であったのだから、変に興味を抱かせるのは拙《まず》い。そういえば、あの坂の話を最初に聞いたのは、姪の翠からであった。彼女が友人に聞いた噂として、僕は関にネタの足しにでもなるかと話を伝えたのだ。

結局、僕のせいか、と軽く肩を落としたのを見とがめられたのだろう。姪は甥を電灯から引き剝《は》がすと、勘の良さを発揮してこう言った。

「叔父《おじ》さん、何だか元気がないみたいだけれど、大丈夫？」

僕に元気がないのは、お酒を飲んでいないからじゃあないかな。そう答えてやるも、姪には姉の息が掛かっており、優しく麦酒《ビール》の瓶を持ってきてくれたりはしない。

「遠出と言っているのに、あまり楽しそうには見えなかったから」

どうにも鋭い子で、僕は暫《しば》し口ごもる。その時点で怪しさは倍の倍である。甥が紙と鉛筆で一人遊びを始めたのをチラリと見、僕は軽く降参をした。

「人捜しに行くんだ。今日もあちこちを歩いた」

「人？」

「僕の、まあ、友人だな」

感傷的な気持ちになっていた僕は、あの関に対してそんな言い方までしてしまった。

「お友達がどこかに行ってしまったの？　大変。それは捜しに行かないと」

「うん。ちと面倒なところに居るかもしれない、ということがわかった。姉さんには内緒にしてくれるかい」

姪は少し顔を緊張させ、台所の方に目をやる。明らかに不安の色が見えた為、僕は少し言葉を和らげた。

「まあ、三日ばかり経てば言ってもいいよ。その頃には帰っていると思うし」

何の根拠もない、その場しのぎの言葉だ。姪は案の定不審の色を強める。

「大丈夫？　叔父さん、何か変なことに巻き込まれてはいない？」

何も大丈夫ではない。姪は僕の腰が引けていたのを見抜いたようで、矢継ぎ早に詰問をしてきた。

「怖い人に脅されたりだとか」

「していないよ。自分でやっていることなんだから」

「それで、そんな何かあるかも知れないところに行くの。どういうお友達なの」

姪はまるで彼女の弟を叱る時のような顔をするので、年嵩《としかさ》のはずの僕はぐっと押し黙る。姉にも言われた通り、元来僕は隠し事や嘘が不得手だ。すぐに襤褸《ぼろ》を出す。

「学生の頃からの付き合いで……ほら、前に怪談の記事の話をしたろう。あれを一緒にやっている奴だ」

言いながら僕はため息を吐く。ここまで来ては、きちんと話す以外に彼女を納得せしめる方法はないのではないか、とそう腹を括《くく》ったのだ。

「……彼が、あの前に行った四谷の坂で消息を絶ったんだ。何かあるかと思って、見に行く」

姪は呆気《あっけ》に取られた顔で、何度か瞬《まばた》きを繰り返した。

「呆《あき》れた。私は言われた通りに近寄らないでいたのに」

「僕だって金輪際あんなところに行きたくはないよ」

何もかも関が悪いのだ。否、その前に僕が——。とまた果てのない落ち込みに入りかけた時、姪が不安げな声を出した。

「私がお話をしたせい？」

姪はこれで真面目なところがある。取る必要のない責任を感じてしまったようであった。僕は頼りないながらも、せめて年長者として優しく声を投げかける。己がどれ程不《ふ》甲斐《がい》なくとも、こればかりは責務だ。

「翠ちゃんは何も悪くはないさ。こんなことになるとは思わなかったのだからね」

「そう……」

僕は酒の入らない鈍い頭を働かせる。何か、俯《うつむ》く彼女に掛けるのに良い言葉はなかっ

「希臘《ギリシャ》の昔の話だ。死んだ奥さんを取り戻そうとして、黄泉《よみ》に降《くだ》った人の話がある。あの坂と似ているなと思ったよ。帰り道を振り向いてはいけないんだそうだ」

結局、菱田君としたそんな雑談でお茶を濁す他になかった。

「振り向いたらどうなるのかしら」

「そのお話では、当人は助かった。ただ、奥さんとは離れ離れになった。あの坂では振り向いた人が連れて行かれるらしいが――」

姪は何かを思い出そうとするように暫しじっと遠くを見た。それから、ちょっと待っていてね、と立ち上がりその場を離れる。軽い足音がとんとんと遠ざかり、やがてまた近づいてきた。

「これ、叔父さんにあげる」

その手にあったのは、白い糸巻きであった。下ろしてそう経ってはいないだろう。まだ糸は十分にある。

「糸？」

「私も、いつだかに本で希臘《ギリシャ》の話を読んだことがあったの。迷宮に入ってまた出る話」

クレタ島の迷宮と、そこに住まう牛頭の怪物退治の話のことであろう。あの物語では、勇者は糸玉の端を入り口に結んで探索に入り、帰りはその糸を辿《たど》って脱出に成功せしめる。彼女は、その故事を思い出したらしい。

「叔父さんはふわふわしているから、そのままでは帰ってこられなくなりそう。お呪《まじな》いくらいかも知れないけど、ちゃんとこれを結んでおいて」

姪《めい》は常日頃から裁縫袋を持ち歩いている、まめな女学生だ。同時に、母親に止められようとも好きな本を読むことは決して諦《あきら》めない、強い意志と探究心の持ち主でもある。はぐれ者の叔父である僕と妙に気が合うのは少しばかり心配で、しかし、彼女は僕にとってはかけがえのない、忘れがちな日々の生活との間を繋《つな》いでくれる架け橋の一人であった。

僕は姪の細い手から糸巻きを受け取る。何も自信はなかったが、重々しく頷《うなず》いて見せた。この糸を辿って、僕はここに帰ってこようとそう思えた。それがどれ程困難なことであろうとも。

「叔父さんがちゃんと帰って来たら、私、お母さんに本を読むのも役に立つって主張ができるのだけど」

「それは大事《おおごと》だ」

この糸は僕の、この世界との絆《きずな》の糸だ。常の僕は、すぐに内に籠《こ》もり自ら繋がりを断ちたがる。だが、今回ばかりはしっかりと握って放さず行かなければならない。叔父思いの姪の為に。僕自身の為に。関信二の為にもだ。

「僕も援護をしよう。一緒に話をしなければいけないね」

「そうよ。きっとお願い」

鉛筆が丸くなった、描けない、と甥《おい》がしきりに言うので、姪はそちらに向かう。古紙の裏には黒々と、何とも知れない、辛《かろ》うじて何かの動物と人であることがわかるような絵が散乱していた。その中に交じって、やたらと細長い棒が描かれている。

「これ、叔父さんだって」

姪が笑う。僕も笑った。僕はきっと帰ってこよう、とそうもう一度、心に誓った。

その次の日は起きてすぐに酒を飲んだ。心は恐怖と焦りとで一杯であったので、どうにか薄めてやらねばならなかった。昼前に少し寄る場所があったので外出して戻り、また酒を飲み、時折あの罅《ひび》の入った犬の土鈴を鳴らす。銘仙の時のような明確な力は感じなかったが、小さな音は気休めを僕にくれた。

やがて日は少しずつ傾き、夕方に近くなる。僕は意を決して立ち上がる。持ち物はそう多くもない。姪に貰《もら》った糸巻きと、姿見の前に置いておいた犬の御守りと、関の真似をして塩の包みと、それくらいだ。

万が一の時の連絡は義一氏と姪に託したが、念の為に昨晩一筆を記し、文机《ふづくえ》の上においておいた。改めて読み返すと家土地は姉に譲るだの何だの、まるで遺書のようで苦笑いをしてしまう。自死を企てた時も遺言など残さなかったのに、帰ってこようと誓う今回はこんな文を書くのだからおかしな話だ。

僕は姿見の前の定位置に戻していた御守りを摘《つま》み上げる。それから、ふと思い立って膝《ひざ》をつき、いつも鏡を覆い隠していた布をそっと持ち上げてみた。

鏡の中の僕は、ニヤリと笑ってゆっくりと自分の首を手でぐいぐいと締め付け出す。それで死ねるものなのかどうかはわからなかったが、僕は震えながらそれを見つめていた。

関は、この鏡の中の僕の死と向き合い、打ち倒しこそ出来なかったものの、僕をどうにか連れ戻した。僕はこれから関を連れ返しに行くのだ。これくらいのもの、一蹴《いっしゅう》出来なくてどうする。

からん、と小さく鈴の音が鳴った。ゆっくりと手を喉《のど》にやりつつあった現実の僕は、どうにか動きを止める。手にぶら下がった御守りが、小さく揺れていた。外では蝉の声が滝のように響き、僕は鏡の前で汗みずくになっていた。

僕独りでは、やはり無理だ。

弱く、甘えた根性の、どうしようもない人間。事あるごとに弱音を吐き、友人一人も引き止められない。死ぬことすら怪異に押されてようやく踏み切れる程度の、ちっぽけな男だ。

だが。僕はゆっくりと立ち上がる。手の中では小さな犬がからころとどこか楽しそうに音を立てる。

僕は独りではない。ずっと独りではなかった。庭先に飛び出し、そのまま庭木の陰を避けて玄関に出、戸に鍵《かぎ》を掛ける。僕は下駄《げた》の音を鳴らし、埃《ほこり》っぽい夏の道を大股《おおまた》に駆け始めた。

関は僕に御守りをくれた。姪は糸を。義一氏も菱田君も、どうにか僕と関を助けようとしてくれた。姉の一家に秋風社に帝都読報社に、これまで僕らが関わってきた人達に。繋がりは幾らでもある。

『帝都つくもがたり』は、僕らが巻き込まれた事件は、関だけのものではない。勿論《もちろん》、僕だけのものでもない。僕ら二人のものだ。

湿っぽく暑い空気を肺腑《はいふ》に吸い込み、吐き出し、時折人に衝突しかけながら、僕は走る。牛込から四谷はそれ程離れてはいない。駅から電車に乗るよりは、真っ直ぐに行った方がきっと坂には近い。それに。これはやはりお呪《まじな》いか験担《げんかつ》ぎのようなものだが――こちらから行けば、きっと坂の上の側に辿り着く。

最初の時は、坂の下から上って、上に突き抜けた。次に関がどう行ったのかはわからない。だが、黄泉の国が地下に、坂の下にあるのならば、上から下りて、もう一度坂を上って戻ってくるのが道理であるような気がしていたのだ。

夏の日差しが徐々に落ち、空は茜色《あかねいろ》に浸る。薄い雲が照らし出されて輝き、黄金を空に主張する。関はあの色を否定したが、僕にはやはりどうしても金に見えた。それで良い。いつもまるで違う色を見ながら、それに侃々諤々《かんかんがくがく》言い合いをしながら、僕らはずっとやってきたじゃないか。

東の水色、雲の白、西の空は赤く燃え立ち、境目の辺りは薄い金糸雀《カナリア》の羽の色。光は輝き、やがて薄れ、紫の地平が群青の夜を連れてくる。その狭間《はざま》の時間に、僕は走る。やがて人々の影は少しずつ暗く沈み、街灯がぽつりと星のようにつき始め——。

僕は汗まみれで、大きく息を切らしながら、四谷の矢羽坂上に立っていた。

傍らには街灯があるが、坂の下にまでは光は届かない。まるで本物の黄泉比良坂《よもつひらさか》のように、薄暗く底知れない空気があった。黄昏時《たそがれ》は短い。恐怖心はどうにも耐え難いが、躊躇《ためら》っている暇はなかった。

僕は辺りを見、他に良い物がなかったので、震える手で街灯の半ばに糸を結んだ。一度、二度結んで、少し考えてさらに糸を巻き、結び目が団子になるほどに何度も固く縛った。糸は如何《いか》にも細く頼りなく、己の身を任せるには不安もあったが、それでもこの命綱があるだけでも心が救われる気持ちになった。僕は独りではない。

最後に、御守りを取り出す。余った糸の端に吊り紐《ひも》を結んでやった。これはただのお呪《まじな》いではなく、少しは効能のあるであろう工夫だ。

「いざという時は、糸を引いてはくれないか」

話し掛けても犬は、もはや勝手に動き出すことはしない。ただ、音を立てるほどでもなく静かに揺れているだけだ。これ以上何か出来るものなのかもわからないが、頼るしかなかった。それに、この可愛らしい犬を得体の知れぬ場所に連れて行くのも気が引ける。

最後に、僕は懐から洋酒《ジン》の小瓶を取り出し、思い切り呷《あお》った。少しは残しておく。帰ってから飲む分だ。

糸巻きをしっかりと左手に握ると、僕はおっかなびっくり足を踏み出した。

歩き出すごとに、暗さは深まっていくように思えた。短いはずの坂が、無明の闇に埋もれた深い深い穴のようにも感じた。僕はごくりと唾《つば》を飲み込む。

僕の袖《そで》を、誰かが後ろからついと引いた。

以前と同じだ。少しずつ手は増える。覚えのある人の腕が、僕をぐいぐいと呼び止めるように引く。だが、僕は初めの時ほど動揺はしない。胸に懐かしさと恐怖が差し込むのも同じだが、今回は構わずゆっくりと下駄を鳴らし歩き続けた。一つ一つの手が誰のものか、確かにわかる。

少しずつ伸びている糸のお陰もある。関を連れ戻すため、という目的のせいでもある。酒の力も大きい。だが、他にも一つ、僕は冷静さを保てる根拠を持っていた。

やがて僕の肩を強い力で無理やりにでも引き止めようと、冷たい男の手がぐいと摑《つか》む。

僕はその手を知っている。初めは半信半疑であったが、今では確信をしていた。

『ええ、大久保様が仰《おっしゃ》る場所は、私も一度訪ねたことがありますわ。それだから確かに断言しますけれど、あの坂は――』

今日の昼間訪ねた人に聞いたばかりの話が、脳裏に蘇《よみがえ》る。

『黄泉比良坂などでは、ありません』

「お前は、死者ではない」

声は無様に震え、消え入りそうではあったが、僕はそう自分と肩の手に言い聞かせた。

「僕はお前を知っている。ずっと知っていた。お前は」

僕は息を大きく吸い込み、くるりと後ろを振り向いた。

「お前は、だって、僕の手だろう」

僕はずっと坂を下りてきたので、振り向いた先は坂の上であるはずだった。だが、辺りはボンヤリとした闇と、白い霧とに閉ざされている。霧を透かして、遠くに小さく星のように明かりが見えた。あれが糸を結んだ街灯だろう。

僕の肩や腕には幾つもの手がしがみついていた。着物の袖は確かにあるが、腕の先は闇と霧とに薄く消えてよく見えない。肩に置かれたあの力の強い手は、僕と同じ着物の紺色の袖から生えている。やはりそうか、と思った。ぐっと身体を動かすと、手は名残り惜しそうに消える。有り難いことに、振り払えないわけではないようだった。他の手は、軽く僕を引っ張りながらもそのまま̤ついて来る。

ここは黄泉の国ではない。袖を引く手は死者のものではない。何故なら僕はこうして生きているからだ。それでは、彼らは何なのか。

『ハッキリとわかる訳ではありません。あなた方は毎回毎回、私の専門外のことばかり持ち込むものですから。私は霊媒だと申し上げましたよね。ただ、そうね』

ぐるりと見回すと、そこは先程の坂の幅よりは広い場所であるようだった。霧の中を進むと、時折、周りに人影が見える。近寄ればどれも肩や腕を手に掴まれ、殆《ほとん》どは精気を吸われたような顔で、最早《もはや》生きてはいないような様子であった。だが、その中に一人。まだ問題なく動くことの出来そうな、生きた様子の男が居た。僕からは少し離れたところで地面に腰を下ろし、じっと宙を睨《にら》んでいる。

『死者ではないのなら、何か、人の心を映すようなもの。何にせよ、繋《つな》がっているのはあの世などではないと感じました。だって、本当に死者の霊があそこに集まっているのなら、私などは憑《つ》かれて大変なことになったはずですもの』

上野に住まう霊能者・深沢《ふかざわ》一天斎《いってんさい》女史は、今回も細々《こまごま》とした文句と共に、打開のための助言をくれた。そうして、僕の背中の最後の一押しをしてくれたのだ。代金は少々高くついたが。

「関」

僕は座り込んだ人影に声を掛ける。ゆっくりと近寄ると、彼はやはり眼鏡を掛けた薄い顔の関信二で、驚いた顔を僕に向けた。

「大久保、君、何をやっているんだ。わざわざこんなところまで——」

一週間はこの場所に居ただろうに、彼はまだそれ程弱っている様子はなかった。心からホッとして、僕は彼の正面に立つ。

心臓を爪で引っかかれるような、嫌な驚愕《きょうがく》が僕を襲った。

彼の背中には、僕の比ではない、何十もの手と腕とが、まるで順番待ちでもするかのように、ざわざわと集まり、ひしめき、彼を闇と霧との中から逃すまいとしっかりと掴んでいた。あるものはガリガリと地面を掻《か》き、あるものは宙を悲しげに揺れる。短い髪を引っ張っているものもあった。大人の腕も、子供の小さな手もある。やはりそれぞれ服の袖はあるが、どちらかと言えば全体が大量の手の生えた大きな塊のようにすら見えた。

僕は以前、どこかの寺で千手観音の像を見たことがある。その時は、あの背の細い小手の群れには、妙な形を考えるものだとおかしみすら覚えたものだ。だが、関の背に伸びるそれは禍々《まがまが》しいまでの力を感じた。彼らが死者であろうがそうでなかろうが、決して獲物を逃すものかという執念めいたものを放っている。僕自身の背後の手よりも、余程強く。

「君を連れ戻しに来た」

僕がそれでも勇気を出し言うと、関は眉間《みけん》に皺《しわ》を寄せた。

「あのな、俺が独りでここに来たのはだ。君は絶対に惹《ひ》かれておかしなことになるからで——」

「惹かれておかしなことになったのは、君の方じゃないか」

言い返してやると、関は顔を右手で覆った。僕が彼に口で勝てるのは、実に久し振りのことだ。

「何でまたこんなことになった。記事の為だけなのか」

関は口を閉ざす。僕とて別にベラベラと、彼の過去だの内心だのに関してご高説を並べたい訳ではない。重要なのは、彼が帰ってくることだ。

「何でもいいが、帰ろう」

「無理だよ」

彼は背後に視線をやった。不気味に蠢《うごめ》く、手の集合体に。

「しくじった。捕まった。君は動けるようだから、帰れるならさっさと帰りたまえ。出来れば社や大家の方には適当に言っておいて貰《もら》えると助かる」

「君の兄さんも捜しに来ている」

「兄貴が？　ああ、地元に帰らなかったからそのせいか……。まあ、不出来な弟だ。仕方がないと思って貰おう」

どうもおかしい。関は何だか、普段の彼に比べれば随分と諦《あきら》めが早いように思えた。これまでずっと脱出を試み、失敗をしていたのかも知れないが。

「菱田君も心配をしていたし、深沢女史にも助けて貰った」

「君の割には随分精力的に動いたんだな」

関が呟《つぶや》く。

「だが、俺はここで――」

「なあ、どうしたんだ、関。確かに手は厄介だが、それでも引き剝《は》がせるよ。僕が引っ張ってもいい。そう諦めるのは早いんじゃないのか」

僕が続けると、関のすぐ横でひらりと袖が揺れた。胡桃《くるみ》色の、見覚えのあるあの袖は。火に巻かれて命を落とした、その後もずっと関の傍にいた、芳枝さんのものに相違なかった。

ああ、そうだ。僕は目を瞬かせる。僕の予想はきっと間違ってはいなかった。関は僕と言い合いをし、仕事もどうも上手《うま》くいかなかったその時に、ふと恋しくなってしまったのだろう。彼の横を先にすり抜けていった、何人もの死者が。

ここでなら、静かに、穏やかに、忘れ得ぬ人々と過ごせる、と思ってしまった。たとえその先に待つのが干からびた死とも何とも言えぬものであったとしても。

だが、僕はそれを見過ごす訳にはいかなかった。僕は彼らが真実死者であるわけではないと、そのことを既に知ってしまっている。

「関。僕をさっき一番強く引いたのは、僕自身の手だった」

関は怪訝《けげん》そうな顔をする。僕は続ける。

「僕は死んでいるかい」

「まあ、生きてはいるようだな。背中ではなくて目の前にいる訳だから」

まだ関には軽口を叩《たた》く元気がある。何よりだ。僕は勢いに乗り言い募った。

「おかしいだろう。死んでもいない僕自身が僕を呼ぶ。深沢女史も言っていた。これは、死者の手ではないのじゃないかと」

関がゆっくりと己の背を見、また僕を見る。訝《いぶか》しげな色が、眼鏡の奥に浮かんだ。

「僕は、坂で『僕を死に誘《いざな》おうとしている者の手』を思い、それが形になって実際に僕を引こうとした、のではないかと考えている」

実際にどうなのかはわからない。起こった事象からの推測だ。だが、この手が本物の死者ではないらしいということ、それを関にわかってもらわねばならない。兎《と》に角《かく》、僕は僕が怖い。鏡の中の死に続ける僕も、それにふとした拍子で応《こた》えそうになる僕自身もだ。だから、手は僕を引いた。そう考えた。

「君の場合は、どうも数が多かったようだが。なあ、関。わかったろう。ここに居ても得るものはないよ。一緒に帰ろう」

「何でもいいよ」

関は、いつもの覇気はどこにやったのか、どろりとした動きで首を振った。

「何でもいい。どうも疲れた。俺はここでゆっくりさせて貫いたいね」

芳枝さんの腕が、ぎゅっと彼の背広の二の腕の辺りを摑《つか》む。夫を守ろうとする健気《けなげ》な妻の動きのようだった。僕はそれを見る。深川《ふかがわ》の火事の時を思う。危うく炎に巻かれるところであった僕らを救ってくれたのは、この腕であったはずだ。

「関。もしその手が真実、君に所縁《ゆかり》のある死者のものであったとして、だ」

僕は頭を必死に絞りながら続けた。これが僕の繰り出せる、たった一つの小さな弾丸だった。

「芳枝さんが。僕らを守ってくれた芳枝さんが、まだ生きている君をあの世に繋ぎ止めておくような真似をすると思うのか」

幽霊は、一つの心残りにのみ拘《こだわ》る、と教えてくれたのは関自身だった。芳枝さんのそれは、きっと関の命を心配する心だと僕は感じていた。夫に生きていて欲しいと願う、死に際の切ないまでの祈りであったはずなのだ。

「彼女は君に——」

「君はいつもそうだ。要らぬお節介はその辺にしておいて貰いたいね」

仁王立ちになった僕と、座り込んだ関とは視線を合わせ、睨み合った。じりじりと幾らか時間が過ぎたようだった。わかってくれ、と僕は念じた。この空間では時がどのように流れているのか、僕にはおよそ判断がつかない。関が飲まず食わずのままで平気そうな顔をしているところを見ると、竜宮城の如く外とは違う時が過ぎているのかも知れない。

「大体、あの大久保が良く言うよ。折角俺が一度助けてやったんだ。精々その命を大事にしてさっさと帰れ」

関は腕を組んで顔を逸《そ》らす。

「そうだよ」

僕は、しんみりと湿った気持ちで心からそう呟いた。

「一度君に救って貰った。その恩義を返したい。今度は……僕が、君を助けたい」

その瞬間だった。不意に、とん、と関の身体が軽く前にのめった。

彼は膝《ひざ》をつき、振り返る。それまで腕を引き止めていたあの芳枝さんの腕が、関の身体から離れ、突き飛ばすような動きをしていた。さらに幾つか、僕の知らぬ相手の手が、とん、とん、と彼の背を押す。それらの腕は、小さく関に向けて手を振っていた。暫《しば》しの別れとでも言うように。

この怪異は、心を映す。関の中で何かが変化を始めた。僕はそう考えた。

関は、叱られて泣き出す寸前の子供の顔で、その手を見ていた。背の後ろではさらに多くの手が未《いま》だに蠢き、彼を摑み、引き戻そうとしていた。関はもう一度そちらに手を伸ばしかけ——。

「関！」

僕は彼を呼んだ。ぐいと自分の右手を伸ばす。僕の手は、背後から誘う破滅の手ではない。生きて再び帰ろうと、この友人を引き戻すための手だ。左手の糸は外に繫《つな》がっている。

僕と関との間の糸は一度酷《ひど》く絡まり、もしかしたら弾みで切れてしまったのかも知れない。それがどうした、と自棄《やけ》のように思った。切れた糸なら、結べばいい。不格好に幾つも結び目が並ぶ、そんな糸が僕らの関係であろう。去年のあの夏の日、記事の話を片手に、その糸を繫ぎ直しに来たのは——。

君であるはずだ、関信二。口の悪い、傍若無人な、人の心のわからぬ、意地っ張りの、一番大切なものは胸の内に隠したがる、そんな僕の友人。

「君はどうしようもない奴だが、居なくなっていいはずがない。そうだろう！」

僕は、いつか彼が僕にくれた言葉を繰り返した。覚えていようといまいと構わない。僕を確かに一度救ってくれたのは、この言葉なのだ。

関はずれた眼鏡を直しもせず、背後に向けた手を止めた。そうして、ゆっくりとその手を戻し、じっと見つめ、やがて僕に差し出す。僕はその手首を掴んだ。途端に、大層な力で関の背後の手に引かれそうになった。

彼もまた、僕と同じなのだと思った。何か小さな切っ掛けがあれば死に安らぎを見出《みいだ》し、怪しげな誘いに魅入られる、弱い小さな人間だ。僕は恐怖で一杯になりながら必死で手を引いた。ぶちぶちと何かが千切れるような感触はあるが、動きそうにない。否、むしろ僕が反対に引きずり込まれてしまいそうになっていた。糸巻きは左の手の中で、急にからからと回り出す。外から遠ざかっているのか。頼む。僕は彼を連れ帰る。二人で帰らなければ意味がないのだ。

歯を食い縛り、目を閉じた、その時。

からん、ころん、からん。

小さな鈴の音《ね》が、耳の底で響いた。ぐい、と強く引かれたのは、今度は左の手、細い細い糸の先だった。その力に乗るように、僕は走り出す。関の手はどうにか放さずにいられた。目を開けると、横には関が居て、一緒に息を切らしながら並走をしていた。

「関、無事か」

「ああ……ああ。どうにか」

関が振り返ろうとするのを、僕は止める。また囚《とら》われては堪《たま》らない。手はしつこく、関は何度も後ろから袖《そで》を腕を髪を肩を引かれていた。その都度僕は、彼を強く引き戻した。

「さっきのは何だ。随分と強い引きだった」

「あれは……」

街灯が僕らの進む先に見える。僕らはどうやら、帰れるようだった。ホッと安堵《あんど》の気持ちが心臓を満たす。あと少しで僕らはこの坂から抜け出して、そうすれば残りの酒が飲める！

瞬間、白い霧が周囲に立ちこめた。光は覆い隠される。何も見えない。同時に、後ろから引く手の力がたちどころに消え、僕は前につんのめりかけた。だが、それでも糸がある。僕と関は、霧に溶けて見えなくなりそうな糸の形を頼りに進もうとした。

霧が、凝《こご》った。

乳のような霧がゆるゆると薄れ、再び街灯の光を通す程の靄《もや》になる。明かりは近いはずであるのに、ずっと遠く感じた。そうして、僕らからそう離れてはおらぬ場所に白い人影が出来る。白装束を着た、長い洗い髪の、三十にもならぬ程の婦人が立って、手招くような仕草をしていた。血の気の引いた青白い肌が美しい、僕の知らぬ婦人が。

僕に手首を摑まれたままの関が、軽く身じろぎをしたのを感じる。恐らく関に縁のある人であろう。さらに憶測を許して貰《もら》えるのならば。彼女は、関が生まれた際に命を落とした、彼の——。

「もういい。大久保」

掠《かす》れた声で、関は呟《つぶや》いた。夏というのに、霧の中はひやりと濡《ぬ》れたように涼やかだ。婦人がゆっくり手を伸ばしてくると、その温度はさらに下がった。

「手を放せ。俺はもう」

信二、と色のない唇は囁《ささや》いた。放していられるものか、と僕は手に力を入れる。そうして光の側に進もうとするが、関は動かない。

何度も辛《つら》い思いをしたのでしょう。さあ、連れて行ってあげる。

「大丈夫だ。大久保。俺は」

強引に関の手が抜けた。彼は婦人の方へと踏み出す。僕は払われた手を伸ばす。届かない。あと二寸ばかりのところで僕の手は空《くう》を切る。関は婦人めがけて大きな動きで腕を伸ばす。

関の拳《こぶし》は握られていた。そして、婦人の頭の真ん中を、渾身《こんしん》の力で殴り抜いた。拳が当たるはずであったその時、婦人はパッとまた霧として散った。関が手応《てごた》えのなさによろめきながらも、高らかに笑った。僕は関の襟首を引っ掴み、糸の伸びる方へと駆け出す。霧の外へと飛び出す。

僕らは同時に、電気の明かり、この世の確かな光の下に転げ込んだ。同時に、辺りに白い靄が舞い、星の豊かな夏の夜の空の下に一瞬で消え失《う》せた。

肺の中の空気を僕は全て吐き出し、新しい息を吸う。昼間の熱気の名残りが僕の中に飛び込んで、心を現実へと引き戻した。僕は関を呼ぶ。

「おい、無事か、関！」

呼ばれた関は街灯にもたれ掛かり、疲労困憊《こんぱい》という様子であった。だが、彼は口の端をニヤリと持ち上げる。

「どうにかな。さっきのはどうだ、なかなか良い一撃だったろう」

「冷や冷やしたよ。もう二度と見たくない」

心からそう言うと、視界の端で何かが小さく揺れるのを感じた。

「ああ、そうだ。さっき引いて貰ったのは、霊験《れいげん》あらたかな御守りの力だ。君も礼を言うといいよ」

僕が言うと、関は妙な顔をする。街灯に結んだ糸の先には、犬の可愛らしい御守りが提げられていた。大きく入った罅《ひび》はさらに広がり、無残な有様ではあったが、顔はいつもの優しい惚《とぼ》け顔のままに、じっと僕らを見ていた。

関は特に礼は言わずに、ただ小さく犬を指で突《つつ》いた。揺れて鳴る音は小さくなっていたが、それでも、ころん、と響く。御守りは本来の持ち主、長年に渡りずっと大事にしてくれていた主人を、しっかり守ったのだと思った。この犬はやはり、勇敢な忠義者だ。

「身体の調子はどうだ、関。君は一週間程あの中に居たんだぞ」

「一週間！　ほんの半日ばかりと思っていたが……」

関はさすがにギョッとした顔で手帳を取り出し、日付を探す。拙《まず》いな、そういや兄貴が捜しているのだっけ、と慌てた様子であった。僕が飛び込んでからは半時間も経ってはいまい。関の時間感覚には齟齬《そご》があるが、今日は恐らく同じ日のままのはずだ。暫《しばら》くすると彼は肩を竦《すく》めた。

「まあ、腹は減った。摑《つか》まれていたところは痛いな。痣《あざ》になったかも知れん。それくらいだ」

「酒を飲むかい」

「君が口を付けた瓶なぞ願い下げだね。勝手に独りで酔っていろ」

減らず口に思わず安堵し、僕は残りの酒を呷《あお》る。美味《うま》かった。心から美味かった。そうして、思い出して懐から紙の包みを取り出す。関を真似して持ってきたものだった。

「関、目を閉じろ」

ぱっと、白い塩の粉が舞う。関は渋い顔をしてそれを受けた。

「帰るか」

僕の言葉に、ああ、と関が息を吐き出すように言う。

「帰る。兄貴が来ているのなら会わなきゃならんし、君、あの深沢の先生とは随分面倒な女に声を掛けたものだよ」

「君だって、僕の時は真っ先に彼女のところに行ったじゃないか」

「それは流れというものがあったからだろうに」

僕らは笑い合い、軽口を叩《たた》きながら、怪異に満ちた坂をゆっくりと後にした。関は振り返らなかった。ただ、糸を切って街灯の光の下を去る時、一言だけ冗談めかしてこう言った。

「大久保」

「うん？」

「出迎えご苦労」

僕らの間の糸には、また一つ小さく不格好な、固く解き難い結び目が出来たようだ。それは黄昏《たそがれ》が過ぎた暗い夜の中、静かに溶けて見えなくなった。


それから数日後の話だ。暗くなり始めてすぐの頃、僕は行きつけの店『アトラス』でそれ程高くもないウイスキーをちびちびと飲んでいた。カウンターに掛けていると、ここで以前雨の日にある婦人と言葉を交わしたことを思い出す。思い出して、酒精《アルコール》の匂いに混ぜるようにしてまた忘れてしまう。今日は雨が降らないので、僕は感傷に耽《ふけ》らないことにしている。

天井の照明は、電球を換えたばかりなのか、妙に眩《まぶ》しい。僕は目を細めながら酒を飲む。やはり明るい光の前では少々気後れがあった。

ややあって、扉を開けて背広姿の関が入ってくる。失踪《しっそう》前より少々やつれてはいるが、バーに遊びに来る程度には回復したようだった。

よう、と彼は僕を見て笑った。

「相変わらず縦に長いのが、窮屈そうにしているな」

「煩《うるさ》いな」

僕はかさかさとしたクラッカーを口に放り込む。関は僕の隣に腰掛け、それ程強くないコックテールを注文した。彼はあまり酒に強くはなく、僕がどれ程飲もうとも、引きずられて潰《つぶ》れることもない。いつでも引き際はわきまえているぞ、という顔をしている。それは酒に限ったことではない。だから今回の失踪は、非常に珍しい例外であった。

「仕事帰りか、精が出るな」

どうにか休暇の間に帰還した彼は、そのまま一晩寝ると予定通り出勤をし、ふらつきながらも仕事を続けているらしい。僕のような、人は身体を休め、精神を研ぎ澄ませるために生きていると考えているような者からすれば、呆《あき》れた人間だと思う。

「おう。深沢先生への謝礼の分を稼がなけりゃならんからな。あの人形はまだ置いてあったか？」

僕は深沢女史の事務所の棚の一段が、掌《てのひら》に載るほどの家具の置かれた何やら可愛らしい小さな家のようになっている話をしてやった。以前僕らが関わった件の時からそこに置いてある、酷く壊れた不気味な市松人形は、相変わらず似合わない洋風のボンネットを被《かぶ》り、揃いの布地のドレスを着せられ、何だか変に嬉《うれ》しそうな顔でそこに鎮座していた。関は大いに笑った。

「元気そうで何よりだ」

皮肉半分、本心半分でそう言うと、わかっているのかいないのか、胸を張られる。

「大元気だとも」

明日は兄貴を駅まで見送りだ、と言う。関義一氏は弟の無事に大層安堵《あんど》したようであった。商談も済み、後は家族の元に帰るばかりであるらしい。

「兄貴は……何だ。俺のことで君に色々と吹き込んだようだったが」

関は流石に気まずげな口調でそう切り出してきた。僕はグラスを揺らしながら、あの義一氏の穏やかな声で語られた、彼の幼い時分を思う。霧の中に浮かんだ、ぞっとする程の数の手を思う。そうして、関がこれまで語ってくれた別れの記憶を、それでも尚《なお》、彼が己を不幸と殊更《ことさら》にひけらかすことはなかったことを思う。

「聞かなかったよ」

僕はグラスを艶《つや》のない木のカウンターにことりと置く。

「聞かなかった。詳しいことは何も」

関は眉間《みけん》に皺《しわ》を寄せ、訝《いぶか》しげに僕を睨《にら》んだ。僕もほろ酔いに揺れる視界で関を見た。睨み合いから先に折れたのは、関の方だった。ため息と言うには大きく息を吐き、これは借りじゃないぞ、俺は何も返さんからな、とぶつぶつ呟いている。

「三十円の借りの、おまけと思うといい」

「君は気鬱《きうつ》が酷い時はいじけ通しだが、調子に乗ると底意地が悪いな」

そう、無力である癖に調子に乗って、僕は今回立て続けに酷い目に遭った。だから、暫く戒めようと思う、と言うと、関はますます人に懐かない猫のような顔になる。

「出来るものかな。今まさに、という感じじゃないか」

僕は犬の御守りを取り出し、手元で振ってやる。ころん、と小さな音が鳴った。

「これに助けられた。返すのが義理と思うから、君が持っていてくれ」

「ああ、君にやった奴だろう。別にいいさ」

「僕には僕の御守りがある」

鞄《かばん》には、姪《めい》から貰《もら》った糸巻きがそのまま入っている。先日使った分は切って燃やしたから、糸は幾分か少なくなった。だが、まだ残ってはいる。姪に返すことも考えたが、何か妙な影響が残ることもあり得る。大雑把な話だけをして、糸巻きは貰っておいた。

「君のは大事なやつなんだろうに。手元に置いておきたまえよ」

「何が聞いていないだ、嘘を吐《つ》くなら吐き通せ」

関はますます嫌な顔をしながらも、手を伸ばして御守りを受け取り、上着の隠しに入れた。

「随分不思議な働きをするから、どういうものなのか気になってはいたんだ」

「別段、特別な物ではないと――」

そこで言葉が止まる。関は、いや、しかし、まさかな、とまた何か一人で言い始める。

「何かあったのか」

「……これはな、いいか、ただの偶然だ。聞き流せ」

関はどこか話し辛《づら》そうな、しかし吐き出さねばやっていられないとでも言うような顔をしてグラスを呷り、中身を半分ばかり飲み干してから続けた。

「谷中に行く前の日だ。部屋に居たら、何もないのに突然音がして、こいつが棚から落ちた」

その時だ、と言う。関は確かに声を聞いたのだそうだ。信二、と彼の名を呼ぶ知らぬ女の声を。

「その日は――お袋の命日だった」

しん、と僕ら二人が口を噤《つぐ》むと、店のざわめきが急に大きく聞こえてくるようだった。

僕ら二人の席だけが、ぽっかりと空白になり押し黙る。

一つの出来事であれば、ただの点だ。だが、二つ、三つ。人は繋《つな》げてそこに絵を見出《みいだ》す。物語を作り上げてしまう。

「幽霊にも寿命があると俺は実感しているから、それが――その、お袋そのものとは思わないぞ。そもそも、俺はお袋の声を知らん。顔だって、写真を少し見たくらいだ。だから、妙な勘ぐりは止《よ》して貰う」

彼は僕がまさにこの時、あれこれと想像を巡らせたのに気付いていただろう。これは、僕のいつもの悪癖だ。最後に居たあの白装束の婦人について関に確かめることも、止めにした。関は渋々ながらも御守りを受け取ったのだから、それでいい。

ただ、もしそれが真実《ほんとう》であるならば、と酒に酔った心は絵を描く。

信二も、生まれてすぐにこうして人と別れてしまうのは不憫《ふびん》ね。これからもきっと、何度も辛いことがあるのでしょう。

だから、どうにか私が守ってあげられればいいのだけど。

死に際の母が言い残せなかった言葉を、僕は一つ、頭の中で補ってみた。僕は作家で、そうそう明るい物語ばかりを書くだけではない。湿っぽいと関には良く言われる。近頃は怪奇の印象が強くなったようだ。だが、こういう時ばかりは点と点とをつなぎ合わせ、優しく美しい画を想像しておきたかった。そうして出来た綺麗《きれい》な母子像を、目の前の少しやつれた、不機嫌そうな顔の眼鏡の男と比べてみる。

「何を笑っているんだ、大久保」

この野郎、と音を立ててグラスを置くと、関は軽く顔を顰《しか》めた。

「どこか痛むのか」

「酷い話だよ。あいつらの摑《つか》んだところが全部痣《あざ》になっていやがる」

背広の肩を下ろすと、半袖《はんそで》のシャツを着た腕には、薄い青痣が幾つも幾つも斑《まだら》になって並んでいる。中にひとつ、一際黒く目立つ跡が二の腕に残っていた。

「この暑い中にまるで上着が脱げないときた。薄くなってはきているが」

僕はその痣についても、言及は避けた。ただ、氷の溶けかけたウイスキーを飲み干し、これだけ言った。

「なあ関。次の取材は僕も連れて行ってくれよ」

『帝都つくもがたり』は、関だけのものではない。僕だけのものでもない。書いた記事も、物語も、僕ら二人だけのものですらないのかも知れない。

関信二は上着を直すと気まずげに頭を掻《か》き、そうして言った。

「乾杯をし直すか。次の記事の為に」

「ああ、それだと僕はもう一杯を頼みたい。今丁度空になった」

「君はまだ飲むのか、どうせ俺が来る前にもう良い具合になっていたんだろう」

そんなことはないよ、と僕は飲んだグラスの数を思い出しながら指を折る。数えるくらいに飲んでいるなら何杯でも同じだ、と関にやいやい言われながら、次の酒を注文する。店に入る前に家で引っ掛けてきた話は、しないことにした。

僕らは噛《か》み合わないままにグラスを合わせる。硝子《ガラス》の澄んだ透明な音は、ぬるんだ夏の空気に束の間の涼をもたらした。

さて、ここからは帰宅後の補足、すなわち一つの僕の仮説である。御守りの件だ。関と僕とは、彼の母親の霊、そのものではなくとも何か残滓《ざんし》のような小さなものが残り、縁と想いの籠《こ》もった御守りに宿って息子を助けたのではないか、と共通の理解をしていたようだ。だが、それだけでは説明が付かないこともあるように思うのだ。

僕が自宅で何度も助けられた点だ。

勿論《もちろん》、僕が危機に晒《さら》され、取り憑《つ》かれて命を落としでもしていたら、関を連れ戻すことは叶《かな》わなかった。だから御守りは僕を助けた。そう考えるにしても、何か筋が真っ直ぐでないような気がする。

僕は思う。見えてはいないだけで、僕に連なる誰か、例えばこの家で死んだ人の——そう、例えば、僕の両親や兄の名残りのようなものが、薄く消えかけながらもそこにあるのかも知れない。それは、常日頃は人に影響を及ぼさぬような弱いものだが、あの御守りを介して僕に力を貸そうとしてくれた。これもただの、僕が事態に目鼻を付けたいが為の想像に過ぎない。

自室に戻り、静かな夜の空気の中、僕は電気を消す。正座をして、ふつりと何も見えない闇に目を凝らす。

恐怖がない訳ではない。今にも誰かの顔が浮かんできそうな空気には背筋が撫《な》でられたようにゾッとする。だが、そこには確かに、以前は感じていなかった親しみがあるように思えた。

「有り難う御座いました」

僕は深々と頭を下げる。これは僕の仮説であり、何かその行為に意味があるのかどうかもわからない。

それでも、僕は礼を言いたかった。聞こえていようがいまいが。ずっと僕に連なる縁の糸全てを、僕は感謝と共に、静かに愛することとした。

終話　つくもは続く

関に呼ばれたので、市ヶ谷の方まで歩き、寺の縁日に向かった。近くまで来ると、ぞろぞろと人が集まっている。季節の終わりの最後の華、といった風情で、彼らはそれぞれに露店や見世物に群がっていた。

昼の熱気も収まり、夕暮れの風には涼が混じる。じきに、夏は終わる。僕は冬が心の底から苦手であるので、遠くあの冷たい空気の気配を感じ取って軽く背を丸めた。

人が多いので巡り会えるかどうか懸念をしていたが、関信二は上着を片手に境内の木に寄り掛かっていて、おう、と僕を見て手を挙げた。

「君はいいな、他から頭抜けているから探すのが楽だ」

「君は態度が大きいが、探すのには役に立たないな」

言い返してやるが、関は何も堪《こた》えた様子がない。僕と彼は連れ立って、石畳を踏みながら人混みの中を歩き出す。

「今日は姉の一家が来ているんだ。出来たら後で落ち合う約束をしている」

「落ち合う時間が取れるかね。まあ、遭えるかどうかもあちらさんの機嫌次第ではあるが」

この寺の毎月の縁日に、何やら妙な幻燈《げんとう》を見せる露店があるという話を、関は相変わらずどこからか知らぬが聞きつけてきて、僕を誘った、というのが今回の経緯《いきさつ》であった。運が良ければ出遭える、という実にボンヤリとした噂話であった。

　僕よりも少し先を行く関の半袖からは、二の腕に黒く小さな痣が覗《のぞ》く。以前はなかった。例の四谷の坂の後に、他の痣は消えたのにもかかわらず、一つだけ残ったものだ。僕が鏡の中に未《いま》だに死を見るのと同じく、何か強い怪異に遭った者にはその後も影響が凝《こご》り続けるのだろう。痣が出来る程の想いを、僕は思う。その跡に纏《まつ》わる女《ひと》のことも。関は顔を顰めて嫌がるだろうが。

　秋風社の菱田君はあの後、好奇心を抑えかねて矢羽坂に向かったらしい。流石に坂を歩くことまではしなかったが、『話に聞いていた程のおかしな様子はなかったです。お二人が何かしましたか』と首を傾げていた。僕らが抜け出た時に霧が幾らか空気に消えた、そのせいであるかも知れぬし、それとも怪異があの場所で人を誘おうとするのを諦《あきら》めたのかも知れない。どちらにせよ、僕らはもうあの坂には近寄らないし、人が不穏な目に遭わないのであれば何よりではある。

「関。そういえば、だが――」

　菱田君のことから数珠繋《じゅずつな》ぎのように用事を思い出し、僕は関の背中に声を掛けた。

「先日、菱田君と話をしたよ。今雑誌で何編か載せて貰《もら》っている短編、もうじき枚数が丁度良くなるから、あれを纏《まと》めて本にしましょうと言われた」

「ああ、ひとつがたりがどうとか言うやつか。良かったじゃないか」

関は振り返る。前からやって来た男が彼の肩に当たり、互いに剣呑《けんのん》な顔で会釈をし合った。

「次に書くのが、鏡の話だ」

関の眼鏡の奥の目が、微《かす》かに細められた。あれも書くのか、という顔だ。僕のこのところの文は、全て関と出会った出来事の翻案となっていた。順番からすれば、昨年の冬、僕が死にかけたあの事件がこの次になる。

「書くよ。確《しっか》りと形にしなければならないと思っていたんだ。書いて、そうして次に進む。怪奇物も続けるし、そうでない、もっと想像の話も書く」

「君は気合いを入れ過ぎると空転するからな。程々にしておきたまえよ」

「書き上がったら、関」

何か米菓子でも売っているらしく、子供が群がるところを避ける。僕は意を決した。

「冒頭の謝辞を君宛てにしても良いかな」

それを聞いた関の顔こそ見物であった。そこらの見世物なぞ及びも付かぬような酷《ひど》い間抜け面を見た。少なくとも、ここ数年では一番の笑いの種であった。よって、僕は遠慮なく口を押さえ、肩を震わせた。な、と口だけ数度動かし、関はようやく声を上げた。

「何を言っているんだ、君は」

「偉大なる我《よ》が友、関信二に捧《ささ》ぐ」

「馬鹿は止せ。世界に真実が知れ渡ってしまう」

関は腕を組む。頭を何度か振る。

「何でまた俺なんだ」

「君に誘われて遭った出来事なんだ。丁度良いだろう」

関はふと真面目な顔をして、そのままずかずかと道を外れて露店とは反対側の人が少ない方へと歩いて行く。僕も後を追った。良く茂った楠《くすのき》の傍で彼は立ち止まる。

「大久保。あのな」

少し考えた後は、言葉は流暢《りゅうちょう》であった。もしかすると、ずっとどう言おうか頭の中で反復をしていた言葉であったのかも知れない。

「俺は昨年、上から怪談を書けと言われて、拙いな、と思った。俺の話は聞いたろう。妙に怪異と縁がある。おまけに、俺の方も奴らが――何だ。嫌いではない」

そうだろうな、と思った。彼は面白がって首を突っ込み、何か起こると距離を置く、独特の付き合い方をしていた。慣れていた、と言ってもいい。忌み嫌っていれば、あのような態度は取るまい。

「怪異なんぞ追いかけたら、いずれどこかで俺は羽目を外して酷い目に遭うと思った。だから、君に声を掛けた。君は臆病《おくびょう》だから、良い歯止めになるかと思ったんだ。実際は余計に酷いことになった気もするが」

なあ、大久保。軽くうなだれた関は、いつもよりもずっと小さく見えた。彼はかりかりと頭を掻《か》く。何か、非常に苛立《いらだ》っているような顔だった。

「俺が保身の為に巻き込んだんだよ、君を。それで、鏡の件も、今回も、あんな――」

僕はそれを聞くと、関の横に並び、思い切り肘《ひじ》で彼を突いてやった。彼はよろけ、上着を落としかける。

「何をする」

「一度、こうしてやらないといけないと思っていたのを忘れていた。今やったから、坂の件はこれで終《しま》いだな」

関は何か言いかけようとする。僕は遮ろうといつになく早口で喋《しゃべ》り、お陰で舌を噛《か》みそうになった。

「そうだな、僕は酷い目に遭った。もううんざりだと何度も思ったさ。それでも続けたいとそう言った」

僕は嘘を書いて生計を立てている癖に、嘘を言うのが苦手だ。だから、心を全て洗いざらいまくし立てる以外に知らない。

「僕は『帝都つくもがたり』が案外好きなんだよ」

僕らが睨《にら》み合う間、何人もの人々が行き交う。簡素な浴衣姿の者も、涼しげな洋装も、ここぞとばかりに着飾った者も。蟬の声は陽の光と共に消え、微かに鈴虫の声が聞こえていた。

「二人で続けよう」

関の長いため息が聞こえた。証文の脅しはもう僕には効かないし、彼は僕を、僕は彼をどうにか一度ずつ助けた。ここに至って、僕らはようやく対等に向かい合えたような気がしていた。関は言う。

「何だかな。君が坂で言っていたろう。君はどうしようもない奴だが、とか何とか」

「あれは元々君が言った言葉だ」

「俺が？　言ったか？」

関信二は呆《あき》れた男で、僕があれ程頼りにしていた台詞《せりふ》をすっかり忘れて、妙に良い響きの言葉だと思ったが、等と呟《つぶや》いている。やはり〝偉大なる〟は冗談にしても言い過ぎであったろうかと思い始めた頃だ。

「なあ、大久保。その俺の深遠なる言葉に倣って一度だけ言うが」

関は微かに微笑んだ。それは滅多に見ない、毒気のない澄んだ水のような素直な顔だった。

「君はどうしようもない奴だ。それは確かだ。だがな、君自身が考えている程ではない、そう思う」

今度は、僕が顔を見世物の如く歪《ゆが》める番であった。関がそのように僕を評価したことは初めてであり、すなわち僕は全く慣れておらず、馬鹿のようにおろおろとする他になかった。

「君のあの、文章でのじめじめした自虐はどうにかしろ。鏡の話なんて余程酷くなりそうだ。そうすりゃ少しは湿っぽくなくなって――」

読める物になるだろうよ、と関は空を見上げた。僕は感極まっていいのか、関に文句を言えばいいのか、どちらともまるでわからない気持ちで同じようにした。月はまだ出ない。代わりに、夏の星が最後の別れとばかりに煌《きら》めき始めていた。その微かな光を、僕は好ましいと思う。

叔父《おじ》さん、と道から声を掛けられたので、僕はそちらを見る。姉の一家がぞろぞろと歩いており、姪《めい》の翠が朝顔柄の白い浴衣《ゆかた》で僕に声を掛けたものらしい。僕は関に軽く手を振り、そちらに歩いて行く。

「お仕事はこれから？」

「ああ、まだ終わっていないから、僕は置いて楽しんで行くといいよ」

そう、とどこか浮かれた様子でいる姪は、顔を輝かせてこう言った。

「さっき、凄《すご》いものを見たの。幻燈《げんとう》なのだけど、まるでその場にいるみたいに見えるの」

幻燈、というと、関が持ってきたあの話だろうか。それならば話を聞いておかねばなるまい。

「翠ちゃん、それはどの辺りにあったのかな」

「入り口の方の、何だか少し外れたところ。敷物を敷いて男の人が居たけど」

振り返ってみるが、賑《にぎ》やかで良く見えない。僕は礼を言って姉一家と別れ、関の下に戻っていった。

「例の幻燈が見つかったようだよ。姪が見たのは入り口の方だそうだ」

「入って来た時には見当たらなかったがな」

関が不審げに顔を顰《しか》める。

「後から来たのか、それとも何か――見るのに条件が要るとか、そういうものなのかも知れない」

「心清き乙女の目にしか映らない、だとかな」

胡散臭《うさんくさ》くニヤニヤと笑う関の様は、先程とは違ってとても清浄には見えない。

「ともあれ、行ってみよう。さあ、退《ど》いた退いた。『帝都つくもがたり』のお通りだ」

関は乱暴な大股《おおまた》で、人の合間を抜けていく。僕は見知らぬ相手にぶつかっては謝りながら、その後を追いかける。いつも僕らはこうで、きっとこの先も同じであろう。時折僕が気まぐれに追い抜いて、そうしてまた追い越される。三十円の借金を返し終わるその時まで、きっとそうだ。ずっとそうしていよう。


所は帝都・東京。世には怪異が溢《あふ》れ、時に僕らの袖《そで》を引き、深い淵《ふち》へと誘《いざな》う。落ちぬよう、見逃さぬよう、おっかなびっくり僕らはその狭間《はざま》を歩く。

一人では寂しい。大勢では喧《やかま》しい。友人と連れ立つ二人という数は、こうしてふと地に落ちた影の中を歩くのに丁度良い塩梅《あんばい》であるのかも知れない。

これが関信二と僕、大久保純との、九十九《つくも》と一つの語りだ。合わせて百を数えながら、僕らはどこまでも、光と闇のあわいを行くだろう。

その微かな足跡が、文字となり文となり物語となり——いずれ誰かの下に届く。僕らは、いつだってその時を待ち望んでいる。

さあ、次の話を語ろう。

本書は書き下ろしです。

帝都《ていと》つくもがたり　続《ぞく》

佐々木《ささき》 匙《さじ》

令和元年 11月25日　初版発行

発行者●郡司 聡

発行●株式会社KADOKAWA
〒102-8177　東京都千代田区富士見2-13-3
電話　0570-002-301(ナビダイヤル)

角川文庫 21913

印刷所●株式会社暁印刷
製本所●本間製本株式会社

表紙画●和田三造

●お問い合わせ
https://www.kadokawa.co.jp/（「お問い合わせ」へお進みください）
※内容によっては、お答えできない場合があります。
※サポートは日本国内のみとさせていただきます。
※Japanese text only

ISBN 978-4-04-108746-6　C0193

◇◇◇